要把
读书当回事

季羡林 | 著

青岛出版社

图书在版编目（CIP）数据

要把读书当回事 / 季羡林著. — 青岛：青岛出版社，2021.9
ISBN 978-7-5552-8920-3

Ⅰ.①要… Ⅱ.①季… Ⅲ.①散文集—中国—当代 Ⅳ.①I267

中国版本图书馆 CIP 数据核字（2021）第 112939 号

书　　名	要把读书当回事
著　　者	季羡林
出版发行	青岛出版社
社　　址	青岛市海尔路 182 号（266061）
本社网址	http://www.qdpub.com
邮购电话	（0532）68068091
策　　划	杨成舜
责任编辑	刘　迅
封面设计	瞿中华
照　　排	青岛新华出版照排有限公司
印　　刷	青岛国彩印刷股份有限公司
出版日期	2021 年 9 月第 1 版　2021 年 9 月第 1 次印刷
开　　本	32 开（889 mm × 1194 mm）
印　　张	7.75
字　　数	150 千
印　　数	1—6000
书　　号	ISBN 978-7-5552-8920-3
定　　价	49.00 元

编校印装质量、盗版监督服务电话　4006532017　0532-68068050
本书建议陈列类别：名家·散文·畅销

目 录

壹 立志读尽人间书

003_ 开卷有益

006_ "天下第一好事,还是读书"

009_ 我的书斋

012_ 坐拥书城意未足

014_ 对我影响最大的几本书

017_ 我最喜爱的书

022_ 我和东坡词

026_ 漫谈古书今译

029_ 我和外国语言

050_ 我和外国文学

059_ 龙抄本《中国古典小说》序

061_《西学东传人物丛书》序

065_ 追求一个境界
　　——漫谈梁衡的散文

068_ 读《人生宝典》

贰 回望求学路漫漫

073 _ 童年时光
078 _ 小学记忆
099 _ 难忘中学
138 _ 清华学子
153 _ 梦萦水木清华
157 _ 温馨的回忆
160 _ 我和北大
164 _ 我看北大
167 _ 我和北大图书馆
170 _ 梦萦未名湖
175 _ 燕园盛夏
179 _ 汉城忆燕园
187 _ 北京忆旧

叁 心如明镜勤自勉

193 _ 我的心是一面镜子

217 _ 两行写在泥土地上的字

221 _ 大放光明

229 _ 天上人间

231 _ 当时只道是寻常

234 _ 时间

239 _ 希望在你们身上

壹

——

立志读尽人间书

开卷
有益

这是一句老生常谈。如果要追溯起源的话，那就要追到一位皇帝身上。宋王辟之《渑水燕谈录》卷六：

> （宋）太宗日阅《（太平）御览》三卷，因事有阙，暇日追补之。尝曰："开卷有益，朕不以为劳也。"

这一段话说不定也是"颂圣"之辞，不可尽信。然而我宁愿信其有，因为它真说到点子上了。

鲁迅先生有时候说："随便翻翻。"我看意思也一样。他之所以能博闻强记，博古通今，与"随便翻翻"是有密切联系的。

"卷"指的是书，"随便翻翻"也指的是书。书为什么能有这样大的威力呢？自从人类创造了语言，发明了文字，抄成或印成了书，书就成了传承文化的重要载体。人类要生存下去，文化就必须传承下去，因而书也就必须读下去。特别是在当今信息爆炸的时代中，我们必须及时得到信息。只有这样，人才能潇洒地生活下去，否则将适得其反。

信息怎样得到呢？看能得到信息，听也能得到信息，而书仍然是重要的信息源，所以非读书不可。

什么人需要读书呢？在将来人类共同进入大同之域时，人人都一定要而且肯读书的，以此为乐，而不以此为苦。在眼前，我们还做不到这一步。如今有个别的"大款"，也同刘邦和项羽一样，是不读书的。不读书照样能够发大财。然而，我认为，这只是暂时的现象，相信不久就会改变。传承文化不能寄希望于这些人，而只能寄希望于已毕业或尚未毕业的大学生。他们是我们的希望，他们代表着我们的未来。大学生们肩上的担子重啊！他们任重而道远。为了人类继续生存，为了前对得起祖先，后对得起子孙，大学生们（当然还有其他一些人）必须读书。这已是天经地义、无须争辩的了。

根据我同北京大学学生的接触和我对他们的观察，绝大多数的学生还是肯读书的。有的学生说，自己感到迷惘，不知所从。他们成立了一些社团，共同探讨问题、研究人生，对人生的意义与价值很感兴趣。他们甚至想探究宇宙的奥秘。他们是肯思索的一代人，是可以信赖的极为可爱的一代年轻人。同他们在一起，我这个望九之年的老人也仿佛返老还童，心里溢满了青春活力。说这些青年不肯读书，是不符合实际情况的。

读什么样的书呢？自己专业的书当然要读，这不在话下。自己专业以外的书也应该"随便翻翻"。知识面越广越好，得到的信息越多越好，否则很容易变成鼠目寸光的人。鼠目寸光不但不利于自己专业的探讨，也不利于生存竞争，不利于自己的发展，最终为大时代所抛弃。

因此，我奉献给今天的大学生们一句话：开卷有益。

1994 年 4 月 5 日

"天下第一好事，还是读书"

古今中外赞美读书的名人和文章，多得不可胜数。张元济先生有一句简单朴素的话："天下第一好事，还是读书。""天下"而又"第一"，可见他对读书重要性的认识。

为什么读书是一件"好事"呢？

也许有人认为，这问题提得幼稚而又突兀。这就等于问"为什么人要吃饭"一样，因为没有人反对吃饭，也没有人说读书不是一件好事。

但是，我却认为，凡事都必须问一个"为什么"，事出都有因，不应当马马虎虎，等闲视之。现在就谈一谈我个人的认识，谈一谈读书为什么是一件好事。

凡是事情古老的，我们常常说"自从盘古开天地"。我现在还要从盘古开天地以前谈起，从人类脱离了兽界进入人界开始谈。人成了人以后，就开始积累人的智慧，这种智慧如滚雪球，越滚越大，也就是越积越多。禽兽似乎没有这种本领，一只蠢猪一万年以前是这样蠢，到了今天仍然是这样蠢，没有增加什么智慧。人则不然，不但能随时增加智慧，而且根据我的观察，增加的速度越来越快，有如物体从高空下坠一般。到了今天,已进入知识爆炸的时代。最近一段时间以来,"克隆"使全世界的人都大吃一惊。有的人竟忧心忡忡,不知这种技术发展"伊于胡底"。

人类千百年以来保存智慧的手段不出两端:一是实物,比如长城等,二是书籍,以后者为主。在发明文字以前,保存智慧靠记忆;文字发明以后,则使用书籍。把脑海里记忆的东西搬出来,搬到纸上,就形成了书籍,书籍是贮存人类代代相传的智慧的宝库。后一代的人必须读书,才能继承和发扬前人的智慧。人类之所以能够进步,永远不停地向前迈进,靠的就是能读书又能写书的本领。我常常想,人类向前发展,有如接力赛跑,第一代人跑第一棒,第二代人接过棒来,跑第二棒,以至第三棒、第四棒,永远跑下去,永无穷尽,这样智慧的传承也永无穷尽。这样的传承靠的主要就是书,书是事关人类智慧传承的大事,这样一来,读书不是"天下第一好事"又是什么呢?

但是,话又说回来,中国历代都有"读书无用论"的说法,读书的知识分子,古代通称之为"秀才",常常成为取笑的对象,比如说什么"秀才造反,三年不成",是取笑秀才的无能。这话不无道理。在古代——请注意,我说的是"在古代",今天已经完全不同了——造反而成功者几乎都是不识字的痞子流氓,中国历史上两个马上皇帝,开国"英主",刘邦和朱元璋,都属此类。诗人只有慨叹"可惜刘项不读书"。"秀才"最多也只有成为这一批地痞流氓的"帮忙"或者"帮闲",帮不上的,就只好慨叹"儒冠多误身"了。

但是,话还要再说回来,中国悠久的优秀的传统文化的传承者,是这一批地痞流氓,还是"秀才"?答案皎如天日。这一批"读书无用论"的现身"说法"者的"高祖""太祖"之类,除了镇压人民、剥削人民之外,只给后代留下了什么陵之类,供今天搞旅游的人赚钱而已。他们对我们国家竟无贡献可言。

总而言之,"天下第一好事,还是读书"。

1997年4月8日

我的
书斋

最近身体不太好,内外夹攻,头绪纷繁,我这已届耄耋之年的神经有点儿吃不消了。于是下定决心,暂且封笔。乔福山同志打来电话,约我写点儿什么,我遵照自己的决心,婉转拒绝。但一听说题目是《我的书斋》,于我心有戚戚焉,立即精神振奋,暂停决心,拿起笔来。

我确实有个书斋,我十分喜爱我的书斋。这个书斋是相当大的,大小房间,加上过厅、厨房,还有封了顶的阳台,大大小小,共有八个单元。册数从来没有统计过,总有几万册吧。在北大教授中,藏书状元我恐怕是当之无愧的。而且在梵文和西文书籍中,有一些堪称海内孤本。我从来不以藏书家自命,然而坐拥如此大的书城,心里能不沾沾自喜吗?

我的藏书都像是我的朋友,而且是密友。我虽然对它们并不是每一本都认识,它们中的每一本却都认识我。我一走进我的书斋,书籍立即活跃起来,我仿佛能听到它们向我问好的声音,我仿佛能看到它们向我招手的情景。倘若有人问我,书籍的嘴在什么地方?而手又在什么地方呢?我只能说:"你的根器太浅,努力修持吧。有朝一日,你会明白的。"

我兀坐在书城中，忘记了尘世的一切不愉快的事情，怡然自得。以世界之广，宇宙之大，此时却仿佛只有我和我的书友存在。窗外粼粼碧水，丝丝垂柳，阳光照在玉兰花的肥大的绿叶子上，这都是我平常最喜爱的东西，现在也都视而不见了；连平常我喜欢听的鸟鸣声"光棍儿好过"，也听而不闻了。

我的书友每一本都蕴涵着无量的智慧。我只读过其中的一小部分，这智慧我是能深深体会到的。没有读过的那一些，好像也不甘落后，它们不知道是施展一种什么神秘的力量，把自己的智慧放了出来，波浪般向我涌来。可惜我还没有修炼到能有"天眼通"和"天耳通"的水平，我还无法接受这些智慧之流。如果能接受的话，我将成为世界上古往今来最聪明的人。我自己也去努力修持吧。

我的书友有时候也让我窘态毕露。我并不是一个不爱清洁和秩序的人，但是，因为事情头绪太多，脑袋里考虑的学术问题和写作问题也不少，而且每天都收到大量的寄来的书籍、报刊以及信件，转瞬之间就摞成一摞。在这样的情况下，如果我需要一本书，往往是遍寻不得，只在此屋中，书深不知处，急得满头大汗，也是枉然。只好到图书馆去借。等我把文章写好，把书送还图书馆后，无意之间，在一摞书中，竟找到了我原来要找的书，得来全不费工夫。然而晚了，工夫早已费过了。我啼笑皆非，无可奈何，等到用另外一本书时，再重演一次这出喜剧。我知道，我要寻找的书友，看到我急得那般模样,会大声给我打招呼的,但是喊破了嗓子也无济于事,我还没有修持到能听懂书的语言的水平。我还要加倍努力去修持。我有信心,将来一定能获得真正的"天眼通"和"天耳通"。只要我想要哪一本书,那一本书就会自己报出所在之处,我一伸手,便可拿到,如探囊取物。这样一来,文思就会像泉水般地喷涌,我的笔变成了生花妙笔,写出来的文章会成为天下之至文。到了那时,我的书斋里会充满了没有声音的声音,布满了没有形象的形象。我同我的书友们能够自由地互通思想,交流感情。我的书斋会成为宇宙间第一神奇的书斋,岂不猗欤休哉!

我盼望有这样一个书斋。

1993 年 6 月 22 日

坐拥书城
意未足

古今中外都有一些爱书如命的人。我愿意加入这一行列。

书能给人以知识,给人以智慧,给人以快乐,给人以希望。但也能给人带来麻烦,带来灾难。在"文革"期间,我就以收藏封资修、大洋古书籍的罪名挨过批斗。1976年地震的时候,也有人警告我,我坐拥书城,夜里万一有什么情况,书城将会封锁我的出路。

批斗已成过眼云烟,那种万一的情况也没有发生,我死不改悔,爱书如故,至今藏书已经发展到填满了几间房子。除自己购买以外,赠送的书籍越来越多。我究竟有多少书,自己也说不清楚。比较起来,大概是相当多的。搞抗震加固的一位工人师傅就曾多次对我说:这样多的书,他过去没有见过。学校领导对我额外照顾,我如今已经有了几间真正的书窝,那种卧室、书斋、会客室三位一体的情况,那种"初极狭,才通人"的"桃花源"的情况,已经成为历史陈迹了。

有的年轻人看到我的书,瞪大了吃惊的眼睛问我:"这些书你都看过吗?"我坦白承认,我只看过极少极少的一点。"那么,你要这么多书干什么呢?"这确实是难以回答的问题。我没有研究过藏书心理学，三言两语，我说不清楚。我相信，古今中外爱书如命者也不一定都能说清楚。即使说出原因来，恐怕也是五花八门的吧。

真正进行科学研究，我自己的书是远远不够的。也许我搞的这一行有点怪。我还没有发现全国哪座图书馆能满足，哪怕是最低限度地满足我的需要。有的题目有时候由于缺书，进行不下去，只好让它搁浅。我抽屉里面就积压着不少这样的搁浅的稿子。我有时候对朋友们开玩笑说："搞我们这一行，要想有一个满意的图书室简直比搞四化还要难。全国国民收入翻两番的时候，我们也未必真能翻身。"这绝非耸人听闻之谈，事实正是这样。同我搞的这一行有类似困难的，全国还有不少。这都怪我们过去底子太薄，新中国成立后，虽然做了不少工作，但是一时积重难返。我现在只有寄希望于未来，发呼吁于同行。我们大家共同努力，日积月累，将来总有一天会彻底改变目前情况的。古人说：前人种树，后人乘凉。让我们大家都来当种树人吧。

1985年7月8日晨

对我影响
最大的几本书

我是一个枯燥乏味的人,枯燥到什么嗜好都没有。我自比是一棵只有枝干并无绿叶更无花朵的树。

如果读书也能算是一个嗜好的话,我的唯一嗜好就是读书。

我读的书可谓多而杂,经、史、子、集都涉猎过一点,但极肤浅。小学和中学阶段,最爱读的是"闲书"(没有用的书),比如《彭公案》《施公案》《济公全传》《三侠五义》《小五义》《东周列国志》《说岳全传》《说唐全传》等,读得如醉似痴。《红楼梦》等古典小说是以后才读的。读这样的书是好是坏呢?从我叔父眼中来看,是坏。但是,我却认为是好,至少在写作方面是有帮助的。

至于哪几部书对我影响最大,几十年来我一直认为是两位大师的著作:在德国是亨利希·吕德斯,我老师的老师;在中国是陈寅恪先生。两个人都是考据大师,方法缜密到神奇的程度。从中也可以看出我个人兴趣之所在。我禀性板滞,不喜欢玄之又玄的哲学。我喜欢能摸得着看得见的东西,而考据正合吾意。

吕德斯是世界公认的梵学大师，研究范围颇广，对印度古代碑铭有独到深入的研究。印度每有新碑铭发现而又无法读通时，大家就说："到德国去找吕德斯去！"可见吕德斯权威之高。印度两大史诗之一的《摩诃婆罗多》从核心部分起，滚雪球似的一直滚到后来成型的大书，其间共经历了七八百年。谁都知道其中有不少层次，但没有一个人说得清楚。弄清层次问题的又是吕德斯。在佛教研究方面，他主张有一个"原始佛典"（Urkanon），是用古代半摩揭陀语写成的，我个人认为这是千真万确的事；欧美一些学者不同意，却又拿不出半点可信的证据。吕德斯著作极多，中短篇论文集为一书《古代印度语文论丛》。这是对我的一生影响最大的著作之一。这书对别人来说，可能是极为枯燥的；但是，对我来说却是一本极为有味、极有灵感的书，读之如饮醍醐。

在中国，影响我最大的书是陈寅恪先生的著作，特别是《寒柳堂集》《金明馆丛稿》。寅恪先生的考据方法同吕德斯先生基本上是一致的，不说空话，无证不信。二人有异曲同工之妙。我常想，寅恪先生从一个不大的切入口切入，如剥春笋，每剥一层，都是信而有征，让你非跟着他走不行，剥到最后，露出核心，也就是得到结论，让你恍然大悟：原来如此，你没有法子不信服。寅恪先生考证不避琐细，但绝不是为考证而考证，小中见大，其中往往含着极大的问题。比如，他考证杨玉环是否以处女入宫。这个问题确极猥琐，不登大雅之堂。无怪一个学者说：这太 trivial（微不足道）了。

焉知寅恪先生是想研究李唐皇族的家风。在这个问题上，汉族与少数民族看法是不一样的。寅恪先生从看似细微的问题入手探讨民族问题和文化问题，由小及大，使自己的立论坚实可靠。看来这位说那样话的学者是根本不懂历史的。

在一次闲谈时，寅恪先生问我：《梁高僧传》卷九《佛图澄传》中载有铃铛的声音"秀支替戾冈，仆谷劬秃当"是哪一种语言？原文说是羯语，不知何所指？我到今天也回答不出来。由此可见寅恪先生读书之细心，注意之广泛。他学风谨严，他的著作处处可以给人启发。读他的文章，简直是一种最高的享受。读到兴致淋漓时，真想浮一大白。

中德这两位大师有师徒关系，寅恪先生曾受学于吕德斯先生。这两位大师又同受战争之害，吕德斯生平致力于 Molnavarga 之研究，几十年来批注不断。二战时手稿被毁。寅恪师生平致力于读《世说新语》，几十年来眉注累累。日寇入侵，逃往云南，此书丢失于越南。假如这两部书能流传下来，对梵学国学将是无比重要之贡献。然而先后毁失，为之奈何！

1999 年 7 月 30 日

我最喜爱的书

我在下面介绍的只限于中国文学作品,外国文学作品不在其中。我的专业书籍也不包括在里面,因为太冷僻。

一 司马迁的《史记》

《史记》这一部书,很多人认为它既是一部伟大的史籍,又是一部伟大的文学作品。我个人同意这个看法。平常所称的《二十四史》中,尽管水平参差不齐,但是哪一部也不能望《史记》之项背。

《史记》之所以能达到这个水平,司马迁的天才当然是重要原因,但是他的遭遇起的作用似乎更大。他无端受了宫刑,以致郁闷激愤之情溢满胸中,发而为文,句句皆带悲愤。他在《报任少卿书》中已有充分的表露。

二 《世说新语》

这不是一部史书,也不是某一个文学家和诗人的总集,而只是一部由许多颇短的小故事编纂而成的奇书。有些篇只有短短几句话,连小故事也算不上。每一篇几乎都有几句或一句隽语,表面简单淳朴,内容却深奥异常,令人回味无穷。六朝和稍前的一个时期内,社会动乱,出了许多看来脾气相当古怪的人物,外似放诞,内实怀忧。他们的举动与常人不同。此书记录了他们的言行,短短几句话,而栩栩如生,令人难忘。

三 陶渊明的诗

有人称陶渊明为"田园诗人"。笼统言之,这个称号是恰当的。他的诗确实与田园有关。"采菊东篱下,悠然见南山。"这样的名句几乎是家喻户晓的。从思想内容上来看,陶渊明颇近道家,中心是纯任自然。从文体上来看,他的诗简易淳朴,毫无雕饰,与当时流行的镂金错彩的骈文,迥异其趣。因此,在当时以及以后的一段时间内,对他的诗的评价并不高,在《诗品》中,仅列为中品。但是,时间越后,评价越高,他最终成为中国伟大诗人之一。

四 李白的诗

李白是中国文学史上最伟大的天才之一,这一点是谁都承认的。杜甫对他的诗给予了最高的评价:"白也诗无敌,飘然思不群。清新庾开府,俊逸鲍参军。"李白的诗风飘逸豪放。根据我个人的感受,读他的诗,只要一开始,你就很难停住,必须读下去。原因我认为是,李白的诗一气流转,这一股"气"不可抗御,让你非把诗读完不行。这在别的诗人的作品中，是很难遇到的现象。在唐代，以及以后的一千多年中，人们对李白的诗几乎只有赞誉，而无批评。

五　杜甫的诗

杜甫也是一个伟大的诗人，千余年来，李杜并称。但是，二人的创作风格却迥乎不同：李是飘逸豪放，而杜则是沉郁顿挫。从使用的格律上，也可以看出二人的不同。七律在李白集中比较少见，而在杜集中则颇多。摆脱七律的束缚，李白是没有枷锁跳舞；杜甫善于使用七律，则是戴着枷锁跳舞，二人的舞都达到了极高的水平。在文学批评史上，杜甫颇受一些人的指摘，而指摘李白的则是绝无仅有。

六　南唐后主李煜的词

后主词传留下来的仅有三十多首，可分为前后两期：前期仍在江南当小皇帝，后期则已降宋。后期词不多，但是篇篇都是杰作，纯用白描，不作雕饰，一个典故也不用，话几乎都是平常的白话，老妪能解；然而意境却哀婉凄凉，千百年来打动了千百万人的心。在词史上蔚然成一大家，受到了文艺批评家的赞赏。但是，对王国维在《人间词话》中赞美后主有佛祖的胸怀，我却至今尚不能解。

七　苏轼的诗文词

中国古代赞誉文人有三绝之说。三绝者，诗、书、画三个方面皆能达到极高水平之谓也。苏轼至少可以说已达到了五绝：诗、书、画、文、词。因此，我们可以说，苏轼是中国文学史和艺术史上的最全面的伟大天才。论诗，他为宋代一大家。论文，他是唐宋八大家之一，笔墨凝重，大气磅礴。论书，他是宋代苏、黄、米、蔡四大家之首。论词，他摆脱了婉约派的传统，创豪放派，与辛弃疾并称。

八　纳兰性德的词

宋代以后，中国词的创作到了清代又掀起了一个新的高潮。名家辈出，风格不同，又都能各极其妙，实属难能可贵。在这群灿若明星的词家中，我独独喜爱纳兰性德。他是大学士纳兰明珠的儿子，生长于荣华富贵中，然而却胸怀愁思，流溢于楮墨之间。这一点我至今还难以得到满意的解释。从艺术性方面来看，他的词可以说是已经达到了完美的境界。

九　吴敬梓的《儒林外史》

胡适之先生给予《儒林外史》极高的评价。诗人冯至也酷爱此书。我自己也是极为喜爱《儒林外史》的。

此书的思想内容是反科举制度，昭然可见，用不着细说。它的特点在艺术性上。吴敬梓惜墨如金，从不作冗长的描述。书中人物众多，各有特性，作者只讲一个小故事，或用短短几句话，活脱脱一个人就仿佛站在我们眼前，栩栩如生。这种特技极为罕见。

十　曹雪芹的《红楼梦》

在古今中外众多的长篇小说中,《红楼梦》是一颗璀璨的明珠,是状元。中国其他长篇小说都没能成为"学",而"红学"则是显学。其内容描述的是一个大家族的衰微的过程。本书特异之处也在它的艺术性上。书中人物众多,男女老幼、主子奴才、五行八作,应有尽有。作者有时只用寥寥数语而人物就活灵活现了,让读者永远难忘。读这样一部书,主要是欣赏它的高超的艺术手法。那些把它政治化的无稽之谈,都是不可取的。

2001 年 3 月 21 日

我和
东坡词

几年前的一段亲身经历,至今回忆起来,历历如在目前,然而其中的一点隐秘,我却始终无法解释。

患了老年性白内障,要动手术。要说怕得不得了,还不至于;要说心里一点波动都没有,也不是事实。坐车到医院去的路上,同行的人高谈阔论,我心里有点忐忑不安,一点也不想参与,我静默不语,在半梦幻状态中,忽然在心中背诵起了苏东坡的词:

> 明月几时有?把酒问青天。不知天上宫阙,今夕是何年。我欲乘风归去,又恐琼楼玉宇,高处不胜寒。起舞弄清影,何似在人间。
>
> 转朱阁,低绮户,照无眠。不应有恨,何事长向别时圆?人有悲欢离合,月有阴晴圆缺,此事古难全。但愿人长久,千里共婵娟。

默诵完了一遍,再从头默诵起,最终自己也不知道,究竟默诵了多少遍,汽车到了医院。

在这样的时候,在这样的地方,我为什么单单默诵东坡这一首词,我至今不解。难道它与我当时的处境有什么神秘的联系吗?

在医院里住了几天,进行了细致的体检,我终于被送进了手术室。主刀人是施玉英大夫,号称"北京第一刀",技术精湛,万无一失,因此我一点顾虑都没有。但因我患有心脏病,为了保险起见,医院特请来一位心脏科专家,并运来极大的一台测量心脏的仪器,摆在手术台旁,以便随时监测我心跳的频率。于是,我就有了两位大夫,我舒舒服服地躺上了手术台。动手术的右眼虽然进行了麻醉,但我的脑筋是十分清楚的,耳朵也不含糊。手术开始后,我听到两位大夫慢声细语地交换着意见,间或还听到了仪器碰撞的声音。一切我都觉得很美妙。但是,我又在半梦幻的状态中,心里忽然又默诵起宋词来,仍然是苏东坡的,不是上面那一首,而是:

缥缈红妆照浅溪。薄云疏雨不成泥。送君何处古台西。
废沼夜来秋水满,茂陵深处晚莺啼。行人肠断草凄迷。

我仍然是循环往复地默诵,一遍又一遍,一直到走下手术台。

在这样的时候，在这样的地方，我为什么偏偏又默诵起词来，而且又是东坡的，其原因我至今不解。难道这又与我当时的处境有什么神秘的联系吗？

这样的问题，我无法解释。

但是，我觉得，如果真要想求得一个答复，也是有可能找得到的。

我不是诗词专家，只有爱好，不懂评论。可是读得多了，管窥蠡测，似乎也能有点个人的看法。现在不妨写出来，供大家品评。

中国词家一向把词分为婉约与豪放两派，每一派中的诸作者也都各有特点，不完全是一个模样。在婉约派中，我最喜欢的是李后主、李易安和纳兰性德。在豪放派中，我最欣赏的是苏东坡。原因何在呢？我想提出一个真正的专家学者从来没有提过的肯定是野狐谈禅的说法。为了把问题说明白，我想先拉一位诗人来作陪，他就是李太白。我个人浅见认为，太白和东坡是中国几千年的文学史上两位最有天才的最伟大的作家。他们俩共同的特点是：为文如万斛泉涌，不择地而出，文不加点，倚马可待。每一首诗词，好像都是一气呵成，一气流转。他们写的时候，笔不停挥，欲住不能；我们读的时候，也是欲停不能，宛如高山滑雪，必须一气到底，中间绝无停留的可能。这一种气或者气势，洋溢充沛在他们诗词之中，霈然不可抗御。批评家和美学家怎样解释这个现象，我不得而知，这现象是明明白白地存在着的，我则丝毫也不怀疑。

我在下面举太白的几首诗，以资对比：

> 长安一片月，万户捣衣声。秋风吹不尽，总是玉关情。何日平胡虏，良人罢远征。

> 明月出天山，苍茫云海间。长风几万里，吹度玉门关。

> 蜀僧抱绿绮，西下峨眉峰。为我一挥手，如听万壑松。

你无论读上面哪一首诗，你能中途停下吗？真仿佛有一股力量，一股气势，在后面推动着你，非读下去不行，读东坡的词，亦复如是。这就是我独独推崇东坡和太白的原因。

这种想法，过去并没有明确地意识到过，它埋藏在我心中有年矣。动白内障手术是我平生一件大事，它触动了我的内心，于是，这种想法就下意识地涌出来，东坡词适逢其会自然流出了。

我的文艺理论水平低，只能说出，无法解释，尚望内行里手有以教我。

2000 年 3 月 20 日

漫谈
古书今译

弘扬祖国优秀文化的口号一经提出，立即受到了全国人民和全世界华人，甚至一些外国友人的热烈响应。在这里，根本不存在民族情绪的问题。这个口号是大公无私的。世界文化是世界上各民族共同创造的，而中华文化则在世界文化中占有重要的地位。想求得人类的共同进步，必须弘扬世界优秀文化。想弘扬世界优秀文化，必须在弘扬所有民族的优秀文化的同时，重点突出中华文化。不这样做，必将事倍而功半，南辕而北辙。

弘扬中华优秀文化，其道多端，古书今译也是其中之一。因此，我赞成古书今译。

但是，我认为，古书今译应该有个限度。

什么叫"限度"呢？简单明了地说，有的古书可以今译，有的难于今译，有的甚至不可能今译。

今译最重要的目的是，把原文的内容含义尽可能忠实地译为白话文，以利于人民大众阅读。这一点做起来，尽管也有困难，但还比较容易。有一些书，只译出内容含义，目的就算是达到了，对今天的一般读者来说，也就够了。但是，有一些古书，除了内容含义之外，还有属于形式范畴的文采之类，这里面包括遣词、造句、辞藻、修饰等。要想把这些东西译出来，却非常困难，有时甚至是不可能的。在古书中，文采占有很重要的地位。对文学作品来说，不管内容含义多么深刻，如果没有文采，在艺术性上站不住，也是不能感动人的，也或许就根本传不下来，例如《诗经》、《楚辞》、汉魏晋南北朝的赋、唐诗、宋词、元曲等，这些作品，内容与形式高度统一，思想性与艺术性高度结合，只抽出思想加以今译，会得到什么样的效果呢？

我们古人阅读古书，是既注意到内容，也注意到形式的，例如唐代大文学家韩愈在《进学解》中所讲的："上规姚姒，浑浑无涯；周诰、殷《盘》，佶屈聱牙；《春秋》谨严，《左氏》浮夸；《易》奇而法，《诗》正而葩；下逮《庄》《骚》，太史所录；子云，相如，同工异曲。先生之于文，可谓闳其中而肆其外矣。"这里面既有思想内容方面的东西，也有艺术修辞方面的东西。韩昌黎对中国古代典籍的观察，是有典型意义的。这种观察也包含着他对古书的要求。他观察到的艺术修辞方面的东西、文章风格方面的东西，是难以今译的。如果把王维、孟浩然等的只有短短二十个字的绝句译成白话文，我们会从中得到一个什么样的意境呢？至于原诗的音乐性，更是无法翻译了。

这就是我所说的"限度"。不承认这个限度是不行的。

今译并不是对每一个读者都适合的。对于一般读者，他们只需要懂得古书的内容,读了今译,就能满足需要了。但是,那些水平比较高的读者,特别是一些专门研究古典文献的学者,不管是研究古代文学、语言,还是研究哲学、宗教,则一定要读原文,绝不能轻信今译。某些只靠今译做学问的人,他们的研究成果不应该受到我们的怀疑吗?

西方也有今译,他们好像是叫"现代化",比如英国大诗人乔叟的《坎特伯雷故事集》,就有现代化的本子。这样的例子并不多见。他们古书不太多,可能没有这个需要。

中国古代翻经大师鸠摩罗什有几句常被引用的名言:"天竺国俗,甚重文制,其宫商体韵,以入弦为善。……但改梵为秦,失其藻蔚,虽得大意,殊隔文体,有似嚼饭与人,非徒失味,乃令呕哕也。"我认为,这几句话是讲得极其中肯、极其形象的,值得我们好好玩味。

总之,我赞成今译,但必有限度,不能一哄而起,动辄今译。我们千万不要做嚼饭与人、令人呕吐的工作。

1991 年 12 月 11 日

我和
外国语言

我学外国语言是从英文开始的。当时只有十岁,是高小一年级的学生。现在回忆起来,英文大概还不是正式课程,是在夜校中学习的。时间好像并不长,只记得晚上下课后,走过一片芍药栏,当然是在春天里,其他情节都记不清楚了。

当时最使我苦恼的是所谓"动词",to be 和 to have 一点也没有动的意思呀,为什么竟然叫动词呢?我问过老师,老师说不清楚,问其他的人,当然更没有人说得清楚了。一直到很晚很晚,我才知道,把英文 verb 译为"动词"是不够确切的,容易给初学西方语言的小学生造成误会。

我万万没有想到,学了一点英语,小学毕业后报考中学时竟然派上了用场。考试的其他课程和情况,现在完全记不清楚了。英文出的是汉译英,只有三句话:"我新得到了一本书,已经读了几页,但是有几个字我不认识。"我大概是译出来了,只是"已经"这个字我还没有学过,当时颇伤脑筋,耿耿于怀者若干时日。我报考小学时,曾经因为认识一个"骡"字,被破格编入高小一年级。比我年纪大的一个亲戚,因为不认识这个字,被编入初小三年级。一个字给我争取了一年。现在又因为译出了这几句话,被编入春季始业的一个班,占了半年的便宜。如果我也不认识那个"骤"字,或者我在小学没有学英文,则我从那以后的学历都将推迟一年半,不知道会产生什么样的后果。人生中偶然出现的小事往往起很大的作用,难道不是非常清楚吗?不相信这一点是不行的。

在中学时,英文列入正式课程。在我两年半的初中阶段,英文课是怎样进行的,我已经忘记了。我只记得课本是《泰西五十轶事》、《天方夜谭》、《莎氏乐府本事》(*Tales from Shakespeare*)、Washington Irving①的《拊掌录》(*Sketch Book*),好像还念过Macaulay②的文章。老师的姓名都记不清楚了。只记得,初中毕业后,因为是春季始业,又在原中学念了半年高中。

在这半年中,英文教员是郑又桥先生。他给我留下了深刻难忘的印象。听口音,他是南方人。英文水平很高,发音很好,教学也很努力。只是他有吸鸦片的习惯,早晨起得很晚,往往上课铃声响了以后,还不见先生来临。班长不得不到他的住处去催请。他有一个很特别的习惯,学生的英文作文,他不按原文来修改,而是在开头处画一个前括弧,在结尾处画一个后括弧,说明整篇文章作废,他自己重新写一篇文章。这样,学生得不到多少东西,而他自己则非常辛苦,改一本卷子,恐怕要费很多时间。别人觉得很怪,他却乐此不疲。对这样一位老师是不大容易忘掉的。过了二十年以后,当我经过了高中、大学、教书、留学等阶段，从欧洲回到济南时，我访问了我的母校，所有以前的老师都已离开了人世，只有郑又桥先生一个人孤零零地住在临大明湖的高楼上。我见到他，我们俩彼此都非常激动，这实在是我万万没有想到的事。他住的地方，南望千佛山影，北望大明湖十里碧波，风景绝佳。可是这一位孤独的老人似乎并不能欣赏这绝妙的景色。从那以后，我再没有见到他，想他早已经不在人世了。

我们那一些十几岁的中学生也并不老实。来一个新教员，我们往往要试他一试，看他的本领如何。这大概也算是一种少年心理吧。我们当然想不出什么高招来"测试"教员。有一年换了一位英文教员，我们都觉得他不怎么样。于是在字典里找了一个短语 by the by③。其实这也不是多么稀奇的短语，可我们当时从来没有读到过，觉得很深奥，就拿去问老师。老师没有回答出来，脸上颇有愧色。我们一走，他大概是查了字典，下一次见到我们，说："你们大概是从字典上查来的吧？"我们笑而不答。幸亏这一位老师颇为宽宏大量，以后他并没有对我们打击报复。

在这时候，我除了在学校里念英文外，还在每天晚上到尚实英文学社去学习。校长叫冯鹏展，是广东人，说一口带广东腔的蓝青官话。他住的房子非常大，前面一进院子是学社占用。后面的大院子是他全家所居。前院有四五间教室，按年级分班。教我的老师除了冯老师以外，还有钮威如老师、陈鹤巢老师。钮老师满脸胡须，身体肥胖，用英文教我们历史。陈老师则是翩翩佳公子，衣饰华美。看来这几个老师英文水平都不差，教学也都努力。每到秋天，我能听到从后院传来的蟋蟀的鸣声。原来冯老师最喜欢养蟋蟀，山东人名之曰蛐蛐儿，嗜之若命，每每不惜重金，购买佳种。我自己当时也养蛐蛐，常常随同院里的大孩子到荒山野外蔓草丛中去捉蛐蛐，捉到了一只好的，则大喜若狂。我当然没有钱来买好的，只不过随便玩玩而已。冯老师却肯花大钱，据说斗蛐蛐有时也下很大的赌注，不是随便玩玩的。

在这里用的英文教科书已经不能全部回忆出来。只有一本我忆念难忘，这就是 Nesfield[④] 的文法，我们称之为《纳氏文法》，当时我觉得非常艰深，因而对它非常崇拜。到了后来，我才知道，这是英国人专门写了供殖民地人民学习英文之用的。不管怎样，这一本书给我提供了很多有用的资料。像这样内容丰富的语法，我以后还没有见过。

尚实英文学社，我上了多久，已经记不起来，大概总有几年之久。学习的成绩我也说不出来，大概还是非常有用的。到了我到北园白鹤庄去上山东大学附设高中的时候，我在班上英文程度已经名列榜首。当时教英文的教员共有三位，一位姓刘，名字忘了，只记得他的绰号，一个非常不雅的绰号。另一位姓尤名桐。第三位姓和名都忘了，这一位很不受学生欢迎。我们闹了一次小小的学潮：考试都交白卷，把他赶走了。我当时是班长，颇伤了一些脑筋。刘、尤两位老师却都受到了学生的尊敬，师生关系一直是非常好的。

在北园高中，开始学了点德文。老师姓孙，名字忘记了。他长得宽额方脸，嘴上留着两撇像德皇威廉二世的胡须，除了鼻子不够高以外，简直像是一个德国人。我们用的课本是山东济宁天主教堂编的书，实在很不像样子，他就用这个本子教我们。他是胶东口音，估计他在德国占领青岛时在一个德国什么洋行里干过活儿，学会了德文。但是他的德文实在不高明，特别是发音更为蹩脚。他把gut⑤这个字念成"古吃"。有一次上堂时他满面怒容，说有人笑话他的发音。我心里想，那个人并没有错，然而孙老师却忿忿然，义形于色。他德文虽不高明却颇为风雅，他自己出钱印过一册十七字诗，比如有一首是嘲笑一只眼的人："发配到云阳，见舅如见娘，两人齐下泪，三行！"诸如此类，是中国民间文学的一种形式，严格地说就是民间蹩脚文人的创作，足证我们孙老师的欣赏水平并不怎样高。总之，我们似乎只念了一学期德文，我的德文只学会了几个单词儿，并没有学好，也不可能学好。

到了1928年，日寇占领了济南，我失学一年。从1929年夏天起，我入了山东省立济南高中，据说是当时山东全省唯一的一所高中。此时名义上是国民党统治，但是实权却多次变换，有时候，仍然掌握在地方军阀手中。比起山东大学附设高中来，多少有了一些新气象。《书经》《诗经》不再念了，作文都用白话文，从前是写古文的。我在这里念了一年书，国文教员个个给我的印象都很深，因为都是当时文坛上的名人。但英文教员却都记不清楚了。高中最后一年用的什么教本我也记不起来了。可能是《格列佛游记》之类。我还能清晰地回忆起来的是几次英文作文。我记得有一次作文题目是讲我们学校。我在作文中描绘了学校的大门外斜坡，大门内向上走的通道，以及后面图书馆所在的楼房。自己颇为得意，也得到了老师的高度赞扬。我们的英文课一直用汉语进行，我们既不大能说，也不大能听。这是当时山东中学里一个普遍的缺点，同京、沪、津一些名牌中学比较起来，我们显然处于劣势。这大大地影响了考入名牌大学的命中率。

此时已经到了1930年的夏天，我从高中毕业了。我断断续续学习英语已经十年了，还学了一点德文。要问有什么经验没有呢？应该有一点，但并不多。曾有一度，我想把整部英文字典背过。以为这样一来，就再没有不认识的字了。我确实也下过功夫去背，但持续了一段时间之后，我就觉得有好多字实在太冷僻没有用处，于是采用另外一种办法：凡是在字典上查过的字都用红铅笔在字下画一横线，表示这个字查过了。但是过了不久，又查到这个字，说明自己忘记了。这个办法有一点用处，它可以给我敲一下警钟：查过的字怎么又查呢？可是有的字一连查过几遍还是记不住，说明警钟也不大理想。现在的中学生要比我们当时聪明得多，他们恐怕不会来背字典了。

不管怎么样，高中毕业了。下一步是到北京投考大学。山东有一所山东大学，但是本省的学生都是这山望着那山高，不大愿意报考本省的大学，一定要"进京赶考"。我们这一届高中有八十多个毕业生,几乎都到了北京。当年报考名牌大学,其困难程度要远远超过今天。拿北大、清华来说,录取的学生恐怕不到报的十分之一。据说有一个山东老乡报考北大、清华,考过四次,都名落孙山。我们考的那一年是第五次了,名次并不比孙山高。看榜后,神经顿时错乱,走到西山,昏迷漫游了四五天,才清醒过来,回到城里,从此回乡,再也不考大学了。

入学考试,英文是必须考的,以讲英语出名的清华,英文题出得并不难,只有一篇作文,题目忘记了。另外有一篇改错之类的东西。不以讲英语著名的北大出的题目却非常难,作文之外有一篇汉译英,题目是李后主的词:

> 别来春半,触目柔肠断。砌下落梅如雪乱,拂了一身还满。

有的同学连中文原文都不十分了解,更何况译成英文!顺便说一句,北大的国文作文题也非常古怪,那一年的题目是:"何谓科学方法,试分析详论之。"这样一个题目也很够一个中学毕业生做的。但是北大古怪之处还不在这里。各门学科考完之后,忽然宣布要加试英文听写(dictation),这对我们实在是当头一棒。我们在中学没有听过英文。我大概由于单词记得多了一点,只要能听懂几个单词儿,就有办法了。记得老师念的是一段寓言。其中有狐狸,有鸡,只有一个字 suffer⑥，我临阵惊慌，听懂了，但没有写对。其余大概都对了。考完之后，山东同学面带惊慌之色，奔走相告，几乎完全是丈二和尚摸不着头脑。大家都知道，这一加试，录取的希望就十分渺茫了。

我很侥幸，北大、清华都录取了。当时处心积虑是想出国留洋。在这方面，清华比北大条件要好。我决定入清华西洋文学系。这一个系有一套详细的教学计划，课程有古希腊拉丁文学、中世纪文学、文艺复兴文学、英国浪漫诗人、近代长篇小说、文艺评论、莎士比亚、欧洲文学史等。教授有中国人、英国人、美国人、德国人、波兰人、法国人、俄国人，但统统用英文讲授。我在前面已经谈到，我们中学没有听英文的练习。

教大一英文的是美国小姐毕莲女士（Miss Bille）。头几堂课，我只听到她咽喉里咕噜咕噜地发出声音，"剪不断，理还乱"，却一点也听不清单词。我在中学曾以英文自负，到了此时却落到这般地步，不啻当头一棒，悲观失望了好多天，幸而逐渐听出了个别的单词，仿佛能"剪断"了，大概不过用了几个礼拜，终于大体听懂了，算是度过了学英文的生平第一难关。

清华有一个古怪的规定：学英、德、法三种语言之一，从第一年X语，学到第四年X语者，谓之X语专门化（specialized in X）。实际上法语、德语完全不能同英语等量齐观。法语、德语都是从字母学起，教授都用英语讲授,而所谓第一年英语一开始就念 Jane Austin 的 *Pride and Prejudice*[⑦]。其余所有的课也都用英语讲授。所以这三个专门化是十分不平等的。

我选的是德语专门化,就是说,学了四年德语。从表面上来看,四年得了八个 E(Excellent,最高分,清华分数是五级制),但实际上水平并不高。教第一年和第二年德语的是当时北京大学德文系主任杨丙辰(震文)教授。他在德国学习多年,德文大概是好的,曾翻译了一些德国古典名著,比如席勒的《强盗》等。他对学生也从来不摆教授架子,平易近人,常请学生吃饭。但是作为一个教员,他却是一个极端不负责任的教员。他教课从字母教起,教第一个字母 a 时说:a 是丹田里的一口气。初听之下,也还新鲜。但 b、c、d 等,都是丹田里的一口气,学生就窃窃私议了:"我们不管它是否是丹田里的几口气。我们只想把音发得准确。"从此,"丹田里的一口气"就传为笑谈。

杨老师家庭生活也非常有趣。他是北京大学的系主任,工资相当高,推算起来,可能有现在教授的十几倍。不过在北洋军阀时期,常常拖欠工资,国民党统治前期,稍微好一点,到了后期,什么法币、什么银元券、什么金元券一来,钞票几乎等于手纸,教授们的生活就够呛了。杨老师据说兼五个大学的教授,每月收入可达上千元银元。我在大学念书时,每月饭费只需六元,就可以吃得很好了。可见他的生活是相当优裕的。他在北大沙滩附近有一处大房子,服务人员有一群，太太年轻貌美，天天晚上看戏捧戏子，一看就知道，他们是一个非常离奇的结合。

杨老师的人生观也很离奇，他信一些奇怪的东西，更推崇佛家的"四大皆空"。把他的人生哲学应用到教学上就是极端不负责任，游戏人间，逢场作戏而已。他打分数，也是极端不负责任。我们一交卷，他连看都不看，立刻把分数写在卷子上。有一次，一个姓陈的同学，因为脾气粘粘黏黏，交了卷，站着不走。杨老师说："你嫌少吗？"立即把 S（Superior，第二级）改为 E。

我就是在这样的情况下学习德语的。高中时期孙老师教的那一点德语早已交还了老师，杨老师又是这样来教，可见我的德语基础是很脆弱的。第二年仍然由他来教，前两年可以说是轻松愉快，但不踏实。

第三年是石坦安先生（Von den Steinen，德国人）教，他比较认真，要求比较严格，因此这年学了不少的东西。第四年换了艾克（G. Ecke，号锷风，德国人）。他又是一个马马虎虎的先生。他工资很高，又独身一人，在城里租了一座王府居住。他自己住在银安殿上，仆从则住在前面一个大院子里。他搜集了不少的中国古代名画。他在德国学的是艺术史，因此对艺术很有兴趣，也懂行。他曾在厦门大学教过书，鲁迅的著作中曾提到过他。他用德文写过一部《中国的宝塔》，在国外学术界颇得好评。但是作为一个德语教员，则只能算是一个蹩脚的教员。他对教书心不在焉。他平常用英文讲授，有一次我们曾请求他用德语讲，他立刻哇啦哇啦讲一通德语，其快如悬河泻水，最后用德语问我们："Verstehen Sie etwas davon？"⑧ 我们摇摇头，想说："Wir verstehen nichts davon."⑨ 但说不出来，只好还说英语。他说道："既然你们听不懂，我还是用英语讲吧！"我们虽不同意，然而如哑子吃黄连，有苦说不出。课程就照旧进行下去了。

但是他对我却产生了极大的影响。他喜欢德国古典诗歌，最喜欢 Hölderlin⑩ 和 Plateno⑪。我受了他的影响，也喜欢起 Hölderlin 来。我的学士论文 *The Early Poems of Hölderlin*⑫，就是在他的影响下写的，他是指导教授。当时我大概对 Hölderlin 不会了解得太多、太深。论文的内容我记不清楚了，恐怕是非常肤浅的。我当时的经济情况很困难，有一次写了几篇文章，拿了点稿费，特别向德国订购了 Hölderlin 的豪华本的全集，此书我珍藏至今，念了一些，但不甚了了。

除了英文和德文外，我还选了法文。教员是德国小姐 Madmoiselle Holland，中文名叫华兰德。当时她已发白如雪，大概很有一把子年纪了。因为是独身，性情有些反常，有点乖戾，要用医学术语来说，她恐怕患了迫害狂。在课堂上专以骂人为乐。如果学生的答卷非常完美，她挑不出毛病来借端骂人，她的火气就更大，简直要勃然大怒。最初选课的人很多，过了没有多久，就被她骂走了一多半。只剩下我们几个不怕骂的仍然留下，其中有华罗庚同志。有一次把我们骂得实在火了，我们商量了一下，对她予以反击，结果大出意料，她屈服了，从此天下太平。她还特意邀请我们到她的住处（现在北大南门外的军机处）去吃了一顿饭。可见师徒间已经化干戈为玉帛，揖让进退、海宇澄清了。

我还旁听过俄文课。教员是一个白俄，名字好像是陈作福，个子极高，一个中国人站在他身后，从前面看什么都看不见。他既不会英文，也不会汉文。只好被迫用现在很时髦的"直接教学法"，然而结果并不理想。我旁听的兴趣越来越低，终于不再听了。大概只学了一些生词和若干句话，我第一次学习俄语的过程就此结束了。

我上面谈到，我虽然号称德文专门化，然而学习并不好。可是我偏偏得了四年高分。当我1934年毕业后，不得已而回到母校济南高中当了一年国文教员。之后，清华与德国学术交流处订立了交换研究生的合同，我报名应考，结果被录取了。我当年舍北大而趋清华的如意算盘终于真正实现了，我能到德国去留学了。对我来说，这真是天大的喜事。

可是我的德文水平不高，我看书大概是没有问题的，听、说则全无训练。到了德国，吃了德国面包，也无法立刻改变。我到德国学术交流处去报到的时候，一个女秘书含笑对我说："Lange Reise！"（长途旅行呀！）我愣里愣怔，竟没有听懂。我留在柏林，天天到柏林大学外国语学院专为外国人开的德文班去学习了六周，到了深秋时分，我被分配到Göttingen（哥廷根）大学去学习。我对于这个在世界上颇为著名的大学什么都不清楚。第一学期，我还没有能决定究竟学习哪一个学科。我随便选了一些课，因为交换研究生选课不用付钱，所以我尽量多选，我每天要听课六七小时。选的课我不一定都有兴趣，我也不能全部听懂。我的目的其实是通过选课听课提高自己的听的能力。我当时听德语的水平非常低，以前从来没有听过，这情况我在上面已经谈过。新中国成立后，我们的外语教育，不管还有多少不能令人满意的地方，其水平和认真的态度是此前无论如何也比不上的，这一点现在的青年不一定都清楚。因此我在这里说上几句。

我还利用另一种方式来提高自己的听说能力，这就是同我的女房东谈话。德国大学没有学生宿舍，学生住宿的问题学校根本不管，学生都住民房。我的女房东有一些文化水平，但不高。她喜欢说话，唠唠叨叨，每天晚上到我屋里来收拾床铺，她都要说上一大套，把一天的经过都说一遍。别人大概都不爱听，我却是求之不得，正好利用这个机会来练习听力。我的女房东可以说是一位很好的德文教员，可惜我既不付报酬，她自己也不知道讨报酬，她成了我的义务教员。

到了第二学期，我偶然看到 Prof.Waldschmidt[13] 开梵文课的告示。我大喜过望，立刻选了这一门课。我在清华大学时，曾经想学梵文，但没有老师教，只好作罢。现在有了这样一个机会，我怎能放过呢？学生只有三个：一个乡村里的牧师，一个历史系的学生，还有我。Waldschmidt 的教学方法是德国通常使用的。德国十九世纪一位语言学家主张，教学生外语，比如教学生游泳，把学生带到游泳池旁，一下子把他推下去，如果淹不死，他就学会游泳了。具体的办法是：尽快让学生自己阅读原文，语法由学生自己去钻，不在课堂上讲解，这种办法对学生要求很高。短短的两节课往往要准备上一天，其效果我认为是好的：学生的积极性完全调动起来了。他要同原文硬碰硬，不能依赖老师，他要自己解决语法问题。只有实在解不通时，教授才加以辅导。这个问题我在别的地方讲过，这里不再详细叙述了。

德国大学有一个奇特的规定：要想考哲学博士学位，必须选三个系，一个主系，两个副系。对我来说，主系是梵文，这是已经定了的。副系一个是英文，这可以减轻我的负担。至于第三个系，则费了一番周折。有一个时期，我曾经想把阿拉伯语作为我的副系。我学习了大约三个学期的阿拉伯语。从第二学期开始就念《古兰经》。我很喜欢这一部经典，语言简练典雅，不像佛经那样累赘重复，语法也并不难。但是在念过两个学期以后，我忽然又改变了想法，我想拿斯拉夫语言作为我的第二副系。按照德国大学的规定，拿斯拉夫语做副系，必须学习两种斯拉夫语言，只有一种不行。于是我在俄文之外，又选了南斯拉夫语。

教俄文的老师是一个曾在俄国居住过的德国人，俄文等于是他的母语。他的教法同其他德国教员一样，是采用把学生推入游泳池的办法。俄文每周两次，每次两小时，德国的学期短，然而我们却在第一学期内，读完了一册俄文教科书，其中有单词、语法和简单的会话，又念完果戈理的小说《鼻子》。我最初念《鼻子》的时候，俄文语法还没有学多少，只好硬着头皮翻字典。往往是一个字的前一半字典上能查到，后一半则不知所云，因为后一半是表变位或变格变化的。而这些东西，我完全不清楚，往往一个上午只能查上两行，其痛苦可知。但是不知怎么一来，好像做梦一般，在一个学期内，我毕竟把《鼻子》全念完了。下学期念契诃夫的剧本《万尼亚舅舅》的时候，我觉得轻松多了。

南斯拉夫语由主任教授 Braun[14] 亲自讲授。他只让我看了一本简单的语法书，立即进入阅读原文的阶段。有了学习俄文的经验，我拼命翻字典。南斯拉夫语同俄文很相近，只在发音方面有自己的特点，有升调和降调之别。在欧洲语言中，这是很特殊的。我之所以学南斯拉夫语，完全是为了应付考试。我的兴趣并不大，可以说也没有学好。大概念了两个学期，就算结束了。

谈到梵文，这是我的主系，必须全力以赴，我上面已经说过，Waldschmidt 教授的教学方法也同样是德国式的。我们选用了 Stenzler[15] 的教科书。我个人认为，这是一本非常优秀的教科书。篇幅并不多，但是应有尽有。梵文语法以艰深复杂著称，有一些语法规则简直烦琐古怪到令人吃惊的地步。这些东西当然不是哪一个人硬制定出来的，而是历史发展自然形成的，利用比较语言学的方法都能解释得通。Stenzler 在薄薄的一本语法书中竟能把这些古怪的语法规则的主要组成部分收容进来，是一件十分不容易做好的工作。

这一本书前一部分是语法，后一部分是练习。练习上面都注明了相应的语法章节。做练习时，先要自己读那些语法，教授并不讲解，一上课就翻译那些练习。第二学期开始念《摩诃婆罗多》中的《那罗传》。听说，欧美许多大学都是用这种方式。到了高年级，梵文课就改称Seminar⑯，由教授选一部原著，学生课下准备，上堂就翻译。新疆出土的古代佛典残卷，也是在Seminar中读的。这种Seminar制看似平淡无奇，实际上是训练学生做研究工作的一个最好的方式。比如，读古代佛典残卷时就学习了怎样来处理那些断简残篇，怎样整理，怎样阐释，连使用的符号都能学到。

至于巴利文，虽然是一门独立的课程，但教授根本不讲，连最基本的语法也不讲。他只选一部巴利文的佛经，比如《法句经》之类，一上堂就念原书，其余的语法问题，梵巴音变规律，词汇问题，都由学生自己去解决。

念到第三年上，我已经拿到了博士论文的题目，此时第二次世界大战已经正式爆发。我的教授被征从军。他的前任E. Sieg（E.西克）老教授又出来承担授课的任务。当时他已经有七八十岁了，但身体还很硬朗，人也非常可蔼可亲，简直像一个老祖父。他对上课似乎非常感兴趣。一上堂，他就告诉我，他平生研究三种东西：《梨俱吠陀》、古代梵文语法和吐火罗文，他都要教会我。他似乎认为我一定同意，连征求意见的口气都没有，就这样定下来了。

我想在这里顺便谈一点感想。在那极"左"思潮横行的年代里，把世间极其复杂的事物都简单化为一个公式：在资本主义国家里学习过的人或者没有学习过的人，都成了资产阶级。至于那些国家的教授更不用说了。他们教什么东西，宣传什么东西，必定有政治目的，具体地讲，就是侵略和扩张。他们绝不会怀有什么好意的。Sieg 教我这些东西也必然是为他们的政治服务的，为侵略和扩张服务的。帝国主义的侵略扩张政策，谁也否认不掉。但是不是他们的学者都在任何时间任何地方都为这个政策服务呢？我以为不是这样。像 Sieg 这样的老人，不顾自己年老体衰，一定要把他的"绝招"教给一个异域的青年，究竟为了什么？我当时学习任务已经够重，我只想消化已学过的东西，并不想再学习多少新东西。然而，看了老人那样诚恳的态度，我屈服了。他教我什么，我就学什么，而且是全心全意地学。他是吐火罗文世界权威，经常接到外国学者求教的信。比如美国的 Lane[17] 等。我发现，他总是热诚地罄其所知去回答，没有想保留什么。和我同时学吐火罗文的就有一个比利时教授 W. Couvreur[18]。

根据我的观察，Sieg 先生认为学术是人类的公器，多撒一颗种子，这一门学科就多得一点好处。侵略扩张同他是不沾边的。他对我这个异邦的青年奖掖扶植不遗余力。我的博士论文和口试的分数比较高，他就到处为我张扬，有时甚至说一些夸大的话。在这一方面，他给了我极大的影响。今天我也成了老人，我总是想方设法，为年轻的学者鸣锣开道。我觉得，只要我能做到这一点，我就算是对得起 Sieg 先生了。

我跟 Sieg 先生学习的那几年，是我一生挨饿最厉害、躲避空袭最多、生活最艰苦的几年，但是现在回忆起来却是最甜蜜的几年。甜蜜在何处呢？就是能跟 Sieg 先生在一起。到了冬天，大雪载途，黄昏早至。下课以后，我每每扶 Sieg 先生踏雪长街，送他回家。此时山林皆白，雪光微明，十里长街，寂寞无人。心中又凄清，又温暖。此情此景，终生难忘。

1946 年我回国以后，当了外语教员。从表面上来看，我自己的外语学习任务已经完成了。但是实际上，并不是这个样子。对于语言，包括外国语言和自己的母语在内，学习任务是永远也完成不了的。真正有识之士都会知道，对于一种语言的掌握，从来也不会达到绝对好的程度，水平都是相对的。据说莎士比亚作品里就有不少的语法错误，我们中国过去的文学家、哲学家、史学家、诗人、词客等，又有哪一个没有病句呢？现代当代的著名文人又有哪一个写的文章能经得起语法词汇方面的过细的推敲呢？因此，谁要是自吹自擂，说对语言文字的掌握已达到炉火纯青的程度，这个人不是一个疯子，就是一个骗子。我讲的全是实话，并不是危言耸听。

从这个意义上来讲，我学习外语的任务并没有完成。在教学之余，我仍然阅读一些外文的书籍，翻译一些外国的文学作品，还经常碰到一些不懂的或者似懂而实不懂的地方，需要翻阅字典或向别人请教。今天还有一些人，自视甚高，毫无自知之明，强不知以为知，什么东西都敢翻译，什么问题都不在话下，结果胡译乱写，贻害无穷，而自己则沾沾自喜，真不知天下还有羞耻事！

"你学了一辈子外语，有什么经验和教训呢？"我仿佛听到有人这样问。经验和教训，都是有的，而且还不少。

我自己常常想到，学习外语，在漫长的学习过程中，到了一定的时期，一定的程度，眼前就有一条界线，一个关口，一条鸿沟，一个龙门。至于是哪一个时期，这就因语言而异，因人而异。语言的难易不同，而且差别很大；个人的勤惰不同，差别也很大。这两个条件决定了这一个龙门的远近，有的三四年，有的五六年。一般人学习外语，走到这个龙门前面，并不难，只要泡上几年，总能走到。可是要跳过这龙门，就绝非易事。跳不跳过有什么差别呢？差别有如天渊。跳不过，你对这种语言就算是没有登堂入室。只要你稍一放松，就会前功尽弃，把以前学的全忘掉。你勉强使用这种语言，这个工具你也掌握不了，必然会出许多笑话，贻笑大方。总之，你这一条鲤鱼终归还是一条鲤鱼，说不定还会退化，你决变不成龙。

跳过了龙门呢？则你已经不再是一条鲤鱼，而是一条龙。可是要跳过这个龙门又非常难，并不比鲤鱼跳龙门容易，必须付出极大的劳动，表现出极大的毅力，坚韧不拔，锲而不舍，才有跳过的希望。做任何事情都有类似的情况。书法、绘画、篆刻、围棋、象棋、打排球、踢足球、体操、跳水等，无不如此。这一点必须认清。跳过了龙门，你对你的这一行就有了把握，有了根底。专就外语来说，到了此时，就不大容易忘记，这一门外语会成为你得心应手的工具。当然，即使达到这个程度，仍然要继续努力，决不能掉以轻心。

学习外语，同学习一切东西一样，必须注重方法。我们过去尝试过许多外语教学的方法，都取得过一定的成绩。这一点必须承认。但是我们决不能迷信方法，认为方法万能。我认为，最可靠的不是方法，而是个人的勤学苦练，发挥主观能动性。这个道理异常清楚。各行各业，莫不如此。过去有人讲笑话，说除臭虫最好的办法不是这药那药，而是"勤捉"。其中有朴素的真理。

我学习外国语言，已经有六十多年的历史了。如今我已经到了垂暮之年。回顾这六十多年的历史，心里真是感慨万端。我学了不少的外国语言，但是现在应用起来自己比较有把握的却不太多。我上面讲到跳龙门的问题。好多语言，我大概都没有跳过龙门。连那几种比较有把握的，跳到什么程度，自己心中也没有底。想要对今天学外语的年轻人讲几句经验之谈。想来想去，也只有"勤学苦练"一句，这真是未免太寒碜了。然而事实就是这个样子。这真叫没有办法。

学什么东西都要勤学苦练。这个真理平凡到同说"每个人只要活着就必须吃饭"一样。你不说，人家也会知道。然而它毕竟还是真理。你能说"每个人必须吃饭"不是真理吗？问题是如何贯彻这个真理。我只希望有志于掌握外语的年轻人说到做到。每个人到了一定的阶段，都能跳过龙门去。我们祖国今天的建设事业要求尽量多的外语人才,而且要求水平尽量高的。希望我们大家共同努力,达到这个神圣的目的。

1986年9月12日写完

注释:

① 华盛顿·欧文,美国著名作家。

② 罗斯·麦考利夫人,英国小说家。

③ 意为"顺便说一句"。

④ J. O. Nesfield,《纳氏文法》作者。

⑤ 意为"好的"。

⑥ 意为"遭受"。

⑦ 简·奥斯汀的小说《傲慢与偏见》。

⑧ 意为"你们听懂了什么吗?"。

⑨ 意为"我们不明白"。

⑩ 荷尔德林,德国著名诗人。

⑪ 普雷迪诺,德国诗人。

⑫ 意为"《荷尔德林的早期诗歌》"。

⑬ 瓦尔德施密特教授,德国东方学家。

⑭ 布朗教授,南斯拉夫语教授。

⑮ 斯坦兹勒,梵文研究者。

⑯ 意为"研讨会"。

⑰ 雷恩,美国学者。

⑱ W. 库夫勒,比利时教授。

我和
外国文学

要想谈我和外国文学,简直像"一部十七史,不知从何处谈起"。

我从小学时期起开始学习英文,年龄大概只有十岁吧。当时我还不大懂什么是文学,只朦朦胧胧地觉得外国文很好玩而已。记得当时学英文是课余的,时间是在晚上。现在留在我的记忆里的,只是在夜课后,在黑暗中,走过一片种满了芍药花的花畦,紫色的芍药花同绿色的叶子化成了一个颜色,清香似乎扑入鼻官。从那以后,在几十年的漫长的岁月中,学习英文总同美丽的芍药花联在一起,成为美丽的回忆。

到了初中,英文继续学习。学校环境异常优美,紧靠大明湖,一条清溪流经校舍。到了夏天,杨柳参天,蝉声满园。后面又是百亩苇绿,十里荷香,简直是人间仙境。我们的英文教员水平很高,我们写的作文,他很少改动,而是一笔勾销,自己重写一遍。用力之勤,可以想见。从那以后,我学习英文又同美丽的校园和一位古怪的老师联在一起,也算是美丽的回忆吧。

到了高中,自己已经十五六岁了,仍然继续学英文,又开始学了点儿德文。到了此时,才开始对外国文学发生兴趣。但是这个启发不是来自英文教员,而是来自国文教员。高中前两年,我上的是山东大学附设高中。国文教员王崑玉先生是桐城派古文作家,自己有文集。后来到山东大学做了讲师。我们学生写作文,当然都用文言文,而且尽量模仿桐城派的调子。不知怎么一来,我的作文竟受到他的垂青。什么"亦简练,亦畅达"之类的评语常常见到,这对于我是极大的鼓励。高中最后一年,我上的是山东济南省立高中。经过了五三惨案,学校地址变了,空气也变了,国文老师换成了董秋芳(冬芬)、夏莱蒂、胡也频等,都是有名的作家。胡也频先生只教了几个月,就被国民党通缉,逃到上海,不久就壮烈牺牲。以后是董秋芳先生教我们。他是北大英文系毕业,曾翻译过一本短篇小说集《争自由的波浪》,鲁迅写了序言。他同鲁迅通过信,通信全文都收在《鲁迅全集》中。他虽然教国文,却是外国文学出身,在教学中自然会讲到外国文学的。我此时写作文都改用白话,不知怎么一来,我的作文又受到董老师的垂青。他对我大加赞誉,在一次作文的评语中,他写道,我同另一个同级王峻岭(后来入北大数学系)是全班、全校之冠。这对一个十七八岁的青年来说,更是极大的鼓励。从那以后,虽然我思想还有过波动,也只能算是小插曲。我学习文学,其中当然也有外国文学的决心,就算是确定下来了。

在这时期,我曾从日本东京丸善书店订购过几本外国文学的书。其中一本是英国作者吉卜林的短篇小说。我曾着手翻译过其中的一篇，似乎没有译完。当时一本洋书值几块大洋，够我一个月的饭钱。我节衣缩食，存下几块钱，写信到日本去订书，书到了，又要跋涉十几里路到商埠去"代金引换"。看到新书，有如贾宝玉得到通灵宝玉，心中的愉快，无法形容。总之，我的兴趣已经确定，这也就确定了我以后学习和研究的方向。

考上清华以后，在选择系科的时候，不知是由于什么原因，我曾经一阵心血来潮，想改学数学或者经济。要知道我高中读的是文科，几乎没有学过数学。入学考试数学分数不到十分。这样的成绩想学数学岂非滑天下之大稽！愿望当然落空。一度冲动之后，我的心情立即平静下来：还是老老实实，安分守己，学外国文学吧。

清华大学西洋文学系，实际上是以英国文学为主，教授，不管是哪一国人，都用英语讲授。但是又有一个古怪的规定：学习英、德、法三种语言中任何一种，从一年级学到四年级，就叫什么语的专门化。德文和法文从字母学起，而大一的英文一上来就念简·奥斯汀的《傲慢与偏见》，可见英文的专门化同法文和德文的专门化，完全是不可同日而语的。四年的课程有文艺复兴文学、中世纪文学、现代长篇小说、莎士比亚、欧洲文学史、中西诗之比较、英国浪漫诗人、中古英文、文学批评等。教大一英文的是叶公超，后来当了国民党的外交部长。教大二的是毕莲（Miss Bille），教现代长篇小说的是吴可读（英国人），教中西诗之比较的是吴宓，教中世纪文学的是吴可读，教文艺复兴文学的是温特（Winter），教欧洲文学史的是翟孟生（Jameson），教法文的是华兰德（Holland）小姐，教德文的是杨丙辰、艾克（Ecke）、石坦安（Von den Steinen）。这些外国教授的水平都不怎么样，看来都不是正途出身，有点儿野狐谈禅的味道。费了四年的时间，收获甚微。我还选了一些其他的课，像朱光潜的文艺心理学、陈寅恪的佛经翻译文学、朱自清的陶渊明诗等，也曾旁听过郑振铎和谢冰心的课。这些课程水平都高，至今让我忆念难忘的还是这一些课程，而不是上面提到的那一些"正课"。

从上面的选课中可以看出，我在清华大学四年，兴趣是相当广的，语言、文学、历史、宗教几乎都涉及了。我是德文专门化的学生，从大一德文，一直念到大四德文，最后写论文还是用英文，题目是 *The Early Poems of Hölderlin*，指导教师是艾克。内容已经记不清楚了，大概水平是不高的。在这期间，除了写作散文以外，我还翻译了德莱塞的《旧世纪还在新的时候》，屠格涅夫的《玫瑰是多么美丽，多么新鲜呵……》，史密斯（Smith）的《蔷薇》，杰克逊（H. Jackson）的《代替一篇春歌》，马奎斯（D. Marquis）的《守财奴自传序》，索洛古勃（Sologub）的一些作品，荷尔德林的一些诗，其中《玫瑰是多么美丽，多么新鲜呵……》《代替一篇春歌》《蔷薇》等几篇发表了，其余的大都没有刊出，连稿子现在都没有了。

此时我的兴趣集中在西方的所谓"纯诗"上，但是也有分歧。纯诗主张废弃韵律，我则主张诗歌必须有韵律，否则叫任何什么名称都行，只是不必叫诗。泰戈尔是主张废除韵律的，他的道理并没有能说服我。我最喜欢的诗人是法国的魏尔伦、马拉美和比利时的维尔哈伦等。魏尔伦主张：首先是音乐，其次是明朗与朦胧相结合。这符合我的口味。但是我反对现在的所谓"朦胧诗"。我总怀疑这是"英雄欺人"，以艰深文浅陋。文学艺术都必须要人了解，如果只有作者一个人了解（其实他自己也不见得就了解），那何必要文学艺术呢？此外，我还喜欢英国的所谓"形而上学诗"。在中国，我喜欢的是六朝骈文，唐代的李义山、李贺，宋代的姜白石、吴文英，都是唯美的，讲求辞藻华丽的。这个嗜好至今仍在。

在这四年期间，我同吴雨僧（宓）先生接触比较多。他主编天津《大公报》的一个副刊，我有时候写点儿书评之类的文章给他发表。我曾到燕京大学夜访郑振铎先生，同叶公超先生也有接触，他教我们英文，喜欢英国散文，正投我所好。我写散文，也翻译散文。曾有一篇《年》发表在与叶有关的《学文》上，受到他的鼓励，也碰过他的钉子。我常常同几个同班访问雨僧先生的藤影荷声之馆。有名的水木清华之匾就挂在工字厅后面。我也曾在月夜绕过工字厅走到学校西部的荷塘小径上散步，亲自领略朱自清先生《荷塘月色》描绘的那种如梦如幻的仙境。

我在清华时就已开始对梵文发生兴趣。旁听陈寅恪先生的佛经翻译文学更加深了我的兴趣。但由于当时没有人教梵文，所以空有这个愿望而不能实现。1935年深秋，我到了德国哥廷根，才开始从瓦尔德施米特（Waldschmidt）教授学习梵文和巴利文。后又从西克（E. Sieg）教授学习吠陀和吐火罗文。梵文文学作品只在授课时作为语言教材来学习。第二次世界大战爆发，瓦尔德施米特被征从军，西克以耄耋之年出来代他授课。这位年老的老师亲切和蔼，恨不能把自己的一切学问和盘托出，交给我这个异域的青年。他先后教了我吠陀、《大疏》、吐火罗语。在文学方面，他教了我比较困难的檀丁的《十王子传》。这一部用艺术诗写成的小说，实在非常古怪。开头一个复合词长达三行，把一个需要一章来描写的场面细致地描绘出来了。我回国以后之所以翻译《十王子传》，原因就是这样形成的。当时我主要是研究混合梵文，没有余暇来搞梵文文学，好像是也没有兴趣。在德国十年，没有翻译过一篇梵文文学著作，也没有写过一篇论梵文文学的文章。现在回想起来，也似乎从来没有想到要研究梵文文学。我的兴趣完完全全转移到语言方面，转移到吐火罗文方面去了。

1946年回国，我到北大来工作。我兴趣最大、用力最勤的佛教梵文和吐火罗文的研究，由于缺少起码的资料，已无法进行。我当时有一句口号，叫作："有多大碗，吃多少饭。"意思是说，国内有什么资料，我就做什么研究工作。巧妇难为无米之炊。不管我多么不甘心，也只能这样了。我就是在这种情况下来翻译文学作品的。新中国成立初期，我翻译了德国女小说家安娜·西格斯的短篇小说。西格斯的小说，我非常喜欢。她以女性特有的异常细致的笔触，描绘反法西斯的斗争，实在是优秀的短篇小说家。以后我又翻译了迦梨陀娑的《沙恭达罗》和《优哩婆湿》，翻译了《五卷书》和一些零零碎碎的《佛本生故事》等。直至此时，我还并没有立志专门研究外国文学。我用力最勤的还是中印文化关系史和印度佛教史。我努力看书，积累资料。20世纪50年代，我曾想写一部《唐代中印关系史》，提纲都已写成，可惜因循未果。"十年浩劫"中，资料被抄，丢了一些，还留下了一些，我已兴趣索然了。在"浩劫"之后，我自忖已被打倒在地，命运是永世不得翻身。但我又不甘心无所事事，白白浪费人民的小米，想找一件能占住自己的身心而又旷日持久的翻译工作，从来也没想到出版问题。我选择的结果就是印度大史诗《罗摩衍那》。大概从1973年开始，在看门房、守电话之余，着手翻译。我一定要译文押韵。但有时候找一个适当的韵脚又异常困难，我就坐在门房里，看着外面来来往往的人，大半都不认识，只见眼前人影历乱，我脑筋里却想的是韵脚。下班时要走四十分钟才能到家，路上我仍搜索枯肠，寻求韵脚，以此自乐，实不足为外人道也。

上面我谈了六十年来我和外国文学打交道的经过。原来不知从何处谈起，可是一谈，竟然也谈出了不少的东西。记得什么人说过，只要塞给你一支笔，几张纸，出上一个题目，你必然能写出东西来。我现在竟成了佐证。可是要说写得好，那可就不见得了。

究竟怎样评价我这六十年中对外国文学的兴趣和所表现出来的成绩呢？我现在谈一谈别人的评价。1980年，我访问联邦德国，同分别了将近四十年的老师瓦尔德施米特教授会面，心中的喜悦之情可以想见。那时期，我翻译的《罗摩衍那》才出了一本。我就带了去送给老师。我万没有想到，他板起脸来，很严肃地说："我们是搞佛教研究的，你怎么弄起这个来了！"我了解老师的心情，他是希望我在佛教研究方面能多做出些成绩。但是他哪里能了解我的处境呢？我一无情报，二无资料，我是不得已而为之的。只是到了最近五六年，我两次访问联邦德国，两次访问日本，同外国的渠道逐渐打通，同外国同行通信、互赠著作，才有了一些条件，从事我那有关原始佛教语言的研究，然而人已垂垂老矣。

前几天，我刚从日本回来。在东京时，以东京大学名誉教授中村元博士为首的一些日本学者为我布置了一次演讲会。我讲的题目是"和平和文化"。在致开幕辞时，中村元把我送给他的八大本汉译《罗摩衍那》提到会上，向大家展示。他大肆吹嘘了一通，说什么世界名著《罗摩衍那》外文译本完整的，在过去一百多年内只有英文，汉译本是第二个全译本，有重要意义。日本、美国、苏联等国都有人在翻译，汉译本对日本译本会有极大的鼓励作用和参考作用。

中村元教授同瓦尔德施米特教授的评价完全相反。但是我决不由于瓦尔德施米特的评价而沮丧，也决不由于中村元的评价而发昏。我认识到翻译这本书的价值，也认识到自己工作的不足。由于别的研究工作过多，今后这样大规模的翻译工作大概不会再干了。难道我和外国文学的缘分就从此终结了吗？绝不是的。我目前考虑的有两件工作：一是翻译一点儿《梨俱吠陀》的抒情诗，这方面的介绍还很不够；二是读一点古代印度文艺理论的书。我深知外国文学在我们国家精神文明建设中的重要性，也深知我们研究的深度和广度都有待大大地提高。不管我其他工作多么多，我的兴趣多么杂，我决不会离开外国文学这一块阵地，永远也不会离开。

1986 年 5 月 31 日

龙抄本
《中国古典小说》序

在中国先秦时代,著书都刻写在竹简或木简上,读书当然也得读这些东西。纸张发明了以后,就以纸来代替竹木。书籍都必须用手抄写。印刷术发明了以后,才改变了这种局面。这是人类文化史上一个非同等闲的进步。到了今天,除了海内孤本有时还有人手抄外,手抄本已经不见了。

然而,刘国龙先生却孤愤独发,用了很多年的时间,亲手抄了几部大名垂宇宙的中国古典小说,有的甚至一抄再抄,一丝不苟。看了龙抄本,令人肃然起敬。刘先生还并不是奴隶式地手抄而已,他在选定本子方面煞费苦心。选定了本子以后,也不是依样画葫芦,抄开抄开;而是句斟字酌,选定最恰当的字句,这已经越出了手抄的范围,进入了校勘学的领域了。

这样做有什么意义呢?我个人认为,这有意义,而且是特殊的意义。弘扬中华民族的优秀文化,是每一个炎黄子孙不可推卸的责任。但是,弘扬的方式却可以有所不同,不必也不能强求一律。刘先生的龙抄本就是方式之一,而且是一个独特的方式,人们读排印本同读手抄本,印象和感情是不会一样的，后者更为深刻。刘国龙先生有福了。总之，两句话：刘国龙先生可入《畸人传》，龙抄本可入《无双谱》。

是为序。

2000 年 1 月 5 日

《西学东传人物丛书》序

多少年来,我逐渐形成了一种看法或者主张,我认为,文化交流是推动人类社会发展,促进人类科技文化增长,加强人民与人民间、政府与政府间相互理解、增添感情的重要手段之一。这绝不是我个人的凭空臆想,而是有历史事实为根据的,我的主张是能站得住的。

我们中华民族是伟大的民族,几千年来我们的发明创造,传出了中国,传遍了世界。其中四大发明更是辉煌无限,尽人皆知。我们甚至可以说,如果没有中国的四大发明,人类文化发展的进程将会推迟的。至于那一些比较小的发明创造,更是难以计数。英国学者李约瑟关于中国科技史的名著,是许多人都熟悉的。我在这里不再重述。我只举一本大家也许还不太知道的书,说明同一个问题,这就是伊朗裔的法国学者阿里·玛扎海里的《丝绸之路》,其中讲了许多中国的发明创造,虽不像四大发明那样辉煌,但意义并未减少。这一些看起来极其微末琐细的发明创造,对人类文化的发展,对人类生活的方便,同样做出了重大的贡献,且莫等闲视之。

上面说的是中华民族送出去的东西。在过去两千多年中,我们也同样拿来了很多很多的有用的东西。现在从宏观上来看，在中国历史上外来文化大规模传入共有两次：一次是汉代起印度佛教的传入，一次就是从四百年前起西方天主教，后来又加上了基督教的传入。两次传入，从表面上来看，都是宗教的传入，但从本质上来看，实际上传入的是文化，是哲学，是艺术，是技术，等等。没有这两次的传入，我们今天的科技和文化的发展绝不会是现在这个样子。这是一个事实，没有争辩的余地。

佛教在这里先不谈，这不是我要谈的题目，我只谈天主教和基督教。虽然西方信仰耶稣的宗教在中国唐代已经以景教的名义传入中国，但是影响不大。真正有影响的是明末清初天主教的传入。晋代佛教高僧道安对弟子们说过两句话："不依国主，则法事难立。"这两句话是从经验中得来的，完全符合实际情况。佛教如此，天主教亦何独不然。天主教所依的最初不是国主，而是大臣和艺术家、学者，前者可以徐光启为代表，后者的代表当首推大画家吴历。到了清代康熙皇帝统治时期，这一位大皇帝并不一定为天主教义所动，然而他的目光犀利，看到了西方科技的重大意义，亲自学习西方的几何学。皇帝的榜样有力量，清代颇出了几个大数学家。到了20世纪，西方文化猛烈冲击"东方睡狮"，如暴风骤雨，惊涛骇浪，中国人民接受了这个挑战，在短短一百年的时间内，从一个殖民地半殖民地国家达到了今天的社会主义初级阶段，其进步之速超过了过去的一千年。

由于种种人所共知的原因，今天的中国青年，有的产生了信仰危机，思想浮躁不安，对世间事有些茫然。有识之士憬然忧之，大家一致提出来要提高人民的，特别是青年的人文素质教育水平和伦理道德教育水平。我个人认为，这种想法是完全正确的，有远见卓识的，是"及时雨"。

但是，要做好这一件工作却并不容易。为之之法，其道多端。首先，要对青年进行爱国主义教育，让他们知道，中华民族对世界做出过重大的贡献，今后还将做出更重大的贡献，作为一个中国人是很值得骄傲的。一个人只能有一次生命，必须实现人生的价值，才对得起这仅有的一次生命。麦当劳，肯德基，可口可乐加雪碧；比萨饼，加州面，卡拉OK，美容院。这样的生活，虽然也能增加一些人生乐趣，但是，天天这样，就毫无意义。我希望，我们中国人，特别是青年人，要认识到自己对国家和后世子孙的义务。我们都是人类进化无尽长河中的一段，承前启后，是跑接力赛中的一棒，我们这一棒跑不好，会对全局产生恶劣影响。这就是爱国主义。但是，同时我们又必须认识到，我们对世界也负有义务，这就是国际主义。真正的爱国主义与国际主义，不但没有矛盾，而且是相辅相成、互相依存的。我个人认为，人类前途还是光明的。能否真正光明，就决定于各国人民能否做到爱国主义与国际主义相结合。

怎样才能让中国青年认识到这一点呢？办法多种多样。其中之一就是让他们认识到，一个人、一个民族、一个国家，都不能离开别的人、别的国家、别的民族而完全独立生存。人类都是要互相帮助、互相依存的，而文化交流尚矣，就连我在上面说的麦当劳、肯德基等也是文化交流的结果。

  我们目前当务之急就是对青年进行文化交流的教育。世界上文化极多，而大别之无非东西两大文化体系，讲文化交流，首先就是要讲东方文化和西方文化的交流。我从前主编过一套《东学西渐丛书》，是讲东学，主要是中国文化向西传布的历史事实。现在王渝生研究员又主编了这一套《西学东传人物丛书》，二书正好互补。王先生这一部书以人物为主体，讲来更加生动有趣。我相信，它一定会受到青年学子的欢迎的，故乐而为之序。

2000 年 1 月 16 日

追求一个境界
——漫谈梁衡的散文

最近几年,我在几篇谈散文的文章中,提出了一个看法:在中国散文文坛上有两个流派。一个流派主张(或许是大声地主张),散文之妙就在一个"散"字上,信笔写来,松松散散,随随便便,用不着讲什么结构,什么布局,我姑且称此派为"松散派"。

另一个正相反,他们的写作讲究谋篇布局,炼字铸句,我借用杜甫的一句话——"意匠惨淡经营中",称此派为"经营派",都是杜撰的名词。我还指出,在中国文学史上,散文大家的传世名篇无一不是惨淡经营的结果。

我窃附于"经营派"。我认为,梁衡也属于"经营派",而且他的经营还非同寻常。即以他的写人物的散文来说,一般都认为,写人物能写到形似,已属不易,而能写到神似者则不啻为上乘。可是梁衡却不以神似为满足,他追求一种更高的水平,异常执着地追求。

但是他追求什么呢?我想了好久,也想不出一个恰当的名词。我曾想用"境地",觉得不够;又曾想用"意境",也觉得不够;也曾想用"意韵""韵味",等等,都觉得不够。想来想去，我突然想到王国维的"境界"，自认得之矣。"境界说"是王国维论词的新发展。《人间词话》有很多地方讲到"境界"：

> 词以境界为最上。有境界则自成高格，自有名句。
> 境非独谓景物也，喜怒哀乐，亦人心中之一境界。故能写真景物、真感情者，谓之有境界，否则谓之无境界。"红杏枝头春意闹"，著一"闹"字而境界全出。"云破月来花弄影"，著一"弄"字而境界全出矣。

"境界"，同"性灵""神韵"等一些文艺理论名词一样，是有一定的模糊性的，颇难严格界定其含义，但是统而观之，我们是能够理解的。这是一个富有启迪性、暗示性、涵盖性的名词，上举《人间词话》最后几句话可以给我们一些启迪。现在从梁衡散文中举出一个例子来。他的名作《觅渡，觅渡，渡何处？》是写瞿秋白的。

瞿秋白这个人才华横溢，性格中和行动中有不少矛盾，梁衡想写这样一个人，构思了六年，三访瞿秋白纪念馆，迟迟不敢下笔。他忽然抓住了"觅渡"这个概念，于是境界立出，运笔如风，写成了这篇名作。我们常说"画龙点睛"，画一条龙，不管多么活灵活现，如不点睛，毕竟还是一条死龙。一旦点睛，则顿成活龙，腾跃而起，飞龙在天矣。

在并世散文家中，能追求、肯追求这样一种境界的人，除梁衡以外，尚无第二人。

           2002年3月5日

读《人生宝典》

高占祥同志，当代《畸人传》或《无双谱》中人物也。其所以"畸"，其所以"无双"，就因为他同别人不一样。他为高官，为显宦，为诗人，为学者，为这，为那，不知道有多少"为"。他能文，能画，能摄影，能书法，能管理，能交友，能这，能那，又不知道有多少"能"。这一些"为"与"能"，就使他进入《畸人传》，进入《无双谱》，就形成了"高占祥现象"。为中国的诗坛、画坛、文坛、政坛，还有些什么坛增添了奇光异彩。

我行年九十，老迈龙钟，耳半聪，目半明，步履蹒跚，艰于行动。连每天收到的信件和报纸，都需要别人读给我听。新出版的书籍则很少过问。对高占祥这个名字，也只是"如雷贯耳"，他的书则一本也没有读过。前不久，忽然蒙他垂青，赠给我了他自己的著作数种。我在惊喜之余，连忙武装起来，眼戴深度老花镜，手持放大镜，用艰苦卓绝的精神，宛如攀登珠穆朗玛峰，一句句，一页页，把《人生宝典》大体上读了一遍。套一句幼年读私塾时写文章的滥调："不禁有所感焉。"

我"感"的是什么呢？

首先是高占祥同志在十多年前就感到，在我们新社会中亮点虽多，但是不亮之处亦复不少，社会道德水平亟待提高。于是拿起笔来，"妙手著文章"，给人们提供榜样，提供理论依据。如今，"以德治国"之口号洋洋乎盈耳矣。占祥同志先见之明不值得我"感"吗？

其次，高占祥同志从各个方面思考人生道德修养问题，细大不捐，了无遗漏；用简明朴素的语言，阐明平常而又深刻的道理；不是死板的教条，而是活生生的典范。称之为《人生宝典》，实在是名副其实，面对这样一本书，我能不"感"吗？

最后，last but not least[①]，我想谈一谈本书的内容。对人对己进行伦理道德教育或修养，其道多端。但笼统言之，不出两途：一高一低。高者陈义极高，高到"高不可攀"的程度。宛如示人以"海上三山"，云雾缭绕，美妙无极，然而可望而不可即。又如示人以镜中花，水中月，晶莹澄澈，动人心魄，然而却是无论如何也拿不到手的。芸芸众人会想："反正做不到，不如不去追求吧！依然故我，反而落得一个潇洒。"

低者陈义不高，有时甚至显得琐细，然而却切实可行。从小处做起，从现在做起，从个人做起。古人说："不以善小而不为，不以恶小而为之。"这实在是见道之言。杜甫诗："润物细无声。"虽然又"细"又"无声"，然而最终"物"却被"润"了。积众小而为一大，一个人在不知不觉中，道德修养就一步步提高起来。如果全社会都能这样，则天下焉能不治！以德治国的号召焉能得不到贯彻！人世间焉能不祥和！人类的精神境界焉能不提高！我觉得，高占祥同志的《人生宝典》正是这样一部起点似低而实极高的书，有实事求是之心，无哗众取宠之意，此其所以可贵也。

这一部《人生宝典》是真正的"人生宝典"。

高占祥应该列入《畸人传》或者《无双谱》。

这就是我的"初读高占祥"。

2001 年 5 月 29 日

注释：

① 意为"最后但并非不重要"。

贰 —— 回望求学路漫漫

童年时光

最穷的村中最穷的家

20世纪初期的中国,刚刚推翻了清朝的统治,神州大地一片混乱。我最早的关于政治的回忆,就是"朝廷"二字。当时的乡下人管当皇帝叫坐朝廷,于是"朝廷"二字就成了皇帝的别名。我总以为朝廷这种东西似乎不是人,而是有极大权力的玩意儿。乡下人一提到它,好像都肃然起敬,我当然更是如此。总之,当时皇威犹在,旧习未除,是大清帝国的继续,未有太多更新之象。

我就是在这新旧交替的时刻,1911年8月6日生于山东省清平县(现改临清市)的一个小村庄——官庄。当时全中国的经济形势是南方富而山东(也包括北方其他省份)穷。专就山东论,是东部富而西部穷。我们县在山东西部又是最穷的县,我们村在穷县中是最穷的村,而我们家在全村中又是最穷的家。

每天最高的享受

我出生以后,家中仍然是异常艰苦。一年吃白面的次数有限,平常只能吃红高粱面饼子;没有钱买盐,把盐碱地上的土扫起来,在锅里煮水,腌咸菜;什么香油,根本见不到。一年到底,就吃这种咸菜。举人的太太,我管她叫奶奶,她很喜欢我。我三四岁的时候,每天一睁眼,抬腿就往村里跑(我们家在村外),跑到奶奶跟前,只见她把手一卷,卷到肥大的袖子里面,手再伸出来的时候,就会有半个白面馒头拿在手中,递给我。我吃起来,仿佛是龙胆凤髓一般,我不知道天下还有比白面馒头更好吃的东西。这白面馒头是她的两个儿子(每家有几十亩地)特别孝敬她的。她喜欢我这个孙子,每天总省下半个,留给我吃。在长达几年的时间内,这是我每天最高的享受、最大的愉快。

大概四五岁的时候,对门住的宁大婶和宁大姑,每到夏秋收割庄稼的时候,总带我走出去老远,到别人割过的地里去,拾麦子或者豆子、谷子。一天辛勤之余,可以捡到一小篮麦穗或者谷穗。晚上回家,把篮子递给母亲,看样子她是非常欢喜的。有一年夏天,大概我拾的麦子比较多,她把麦粒磨成面粉,贴了一锅死面饼子。我大概是吃出味道来了,吃完了饭以后,我又偷了一块吃,让母亲看到了,赶着我要打。我当时是赤条条浑身一丝不挂,我逃到房后,往水坑里一跳。母亲没有法子下来捉我,我就站在水中把剩下的白面饼子尽情地享受了。

现在写这些事情还有什么意义呢？这些芝麻绿豆般的小事是不折不扣的身边琐事，使我终生受用不尽。它有时候能激励我前进，有时候能鼓舞我振作。我一直到今天对日常生活要求不高，对吃喝从不计较，难道同我小时候的这一些经历没有关系吗？我看到一些独生子女的父母那样溺爱子女，也颇不以为然。儿童是祖国的花朵，花朵当然要爱护，但爱护要得法，否则无异于坑害子女。

开始认字

不记得是从什么时候起，我开始学着认字，大概也就在四岁到六岁之间。我的老师是马景功先生。现在我无论如何也记不起有什么类似私塾之类的场所，也记不起有什么《百家姓》《千字文》之类的书籍。我那一个家徒四壁的家就没有一本书，连带字的什么纸条子也没见过。反正我总是认了几个字，否则哪里来的老师呢？马景功先生的存在是不能怀疑的。

虽然没有私塾，但是小伙伴是有的。我记得最清楚的有两个：一个叫杨狗，我前几年回家，才知道他的大名，他一字不识；另一个叫哑巴小（意思是哑巴的儿子），我到现在也没有弄清楚他姓甚名谁。我们三个天天在一起玩水、打枣、捉知了、摸虾，不见不散，一天也不间断。后来听说哑巴小当了山大王，练就了一身蹿房越脊的惊人本领，能用手指抓住大庙的椽子，浑身悬空，围绕大殿走一周。有一次他被捉住，是十冬腊月，赤身露体，浇上凉水，被捆起来，倒挂一夜，仍然能活着。据说他从来不到官庄来作案，"兔子不吃窝边草"，这是绿林英雄的义气。后来他终于被捉杀掉。我每次想到这样一个光着屁股游玩的小伙伴竟成为这样一个"英雄"，就颇有骄傲之意。

离开故乡

在故乡只待了六年，我能回忆起来的事情还多得很，但是我不想再写下去了。已经到了同我那一个一片灰黄的故乡告别的时候了。

我六岁那一年，是在春节前夕，公历可能已经是1917年，我离开父母，离开故乡。是叔父把我接到济南去的。叔父此时大概日子已经可以了，他兄弟俩只有我一个男孩子，想把我培养成人，将来能光大门楣，只有到济南去一条路。这可以说是我一生中最关键的一个转折点，否则我今天仍然会在故乡种地（如果我能活着的话），这当然算是一件好事。

到了济南以后，过了一段难过的日子。一个六七岁的孩子离开母亲，他心里会是什么滋味，非有亲身经历者，实难体会。我曾有几次从梦里哭着醒来。尽管此时不但能吃上白面馒头，而且能吃上肉，但是我宁愿再啃红高粱饼子就苦咸菜。这种愿望当然只是一个幻想。我毫无办法，久而久之，也就习以为常了。

叔父望子成龙,对我的教育十分关心。先安排我在一个私塾里学习。老师是一个白胡子老头儿,面色严峻,令人见而生畏。每天入学,先向孔子牌位行礼,然后才是"赵钱孙李"。

小学
记忆

进入一师附小

我于1917年到济南投靠叔父那一年,念了几个月的私塾,地点在曹家巷。

第二年,我就上了一师附小,地点在南城门内"升官街"西头。所谓"升官街",与升官发财毫无关系。"官"是"棺"的同音字,这一条街上棺材铺林立,大家忌讳这个"棺"字,所以改谓"升官街",礼也。

附小好像是没有校长,由一师校长兼任。当时的一师校长是王士栋,字祝晨,绰号"王大牛"。他是山东教育界的著名人物。民国一创建,他就是积极分子,担任过教育界的什么高官,同鞠思敏先生等同为山东教育界的元老,在学界享有盛誉。当时,一师和一中并称,都是山东省立重要的学校,因此,一师校长也是一个重要的职位。在一个七八岁的小学生眼中,校长宛如在九天之上,可望而不可即。可是命运真正会捉弄人,十六年以后的1934年,我在清华大学毕业后到山东省立济南高中来教书,王祝晨老师也在这里教历史，我们成了平起平坐的同事。在王老师方面，在一师附小时，他根本不会知道我这样一个小学生。他对此事决不会有什么感触。而在我呢，情况却迥然不同，一方面我对他执弟子礼甚恭，一方面又是同事，心里直乐。

我大概在一师附小只待了一年多，不到两年，因为在我的记忆中换过一次教室，足见我在那里升过一次级。至于教学的情况，老师的情况，则一概记不起来了。唯一的残留在记忆中的一件小事，就是认识了一个"盔"字，也并不是在国文课堂上，而是在手工课堂上。老师教我们用纸折叠东西，其中有一个头盔，知道我们不会写这个字，所以用粉笔写在黑板上。这事情发生在一间大而长的教室中，室中光线不好，有点暗淡，学生人数不少，教员写完了这个字以后，回头看学生，戴着近视眼镜的脸上有一丝笑容。

我在记忆里深挖，再深挖，实在挖不出多少东西来。学校的整个建筑，一团模糊。教室的情况，如云似雾。教师的名字，一个也记不住。学习的情况，如海上三山，糊里糊涂。总之是一点儿具体的影像也没有。我只记得，李长之是我的同班。因为他后来成了名人，所以才记得清楚。当时对他的印象也是模糊不清的。最奇怪的，是我记得一个叫卞蕴珩的同学。他大概是长得非常漂亮，行动也极潇洒。对于一个七八岁的孩子来说，男女外表的美丑，他们是不关心的。可不知为什么，我竟记住了卞蕴珩，只是这个名字我就觉得美妙无比。此人后来再没有见过。对我来说，他成为一条神龙。

做过一次生意

此外,关于我自己,还能回忆起几件小事。首先,我做过一次生意。我住在南关佛山街,走到西头,过马路就是正觉寺街。街东头有一个地方,叫"新桥"。这里有一处炒卖五香花生米的小铺子。铺子虽小,名声却极大。这里的五香花生米(济南俗称"长果仁")又咸又香,远近驰名。我经常到这里来买。我上一师附小,一出佛山街就是"新桥",可以称为顺路。有一天,不知为什么,我忽发奇想,用自己从早点费中积攒起来的一些小制钱(中间有四方孔的铜币)买了半斤五香"长果仁",再用纸分包成若干包,带到学校里向小同学兜售,他们都震于新桥花生米的大名,纷纷抢购,结果我赚了一些小制钱,尝到做买卖的甜头,偷偷向我家的阿姨王妈报告。这样大概做了几次。我可真没有想到,自己在七八岁时竟显露出来了做生意的"天才"。可惜我以后"误"入"歧途","天才"没有得到发展。如果我投笔从贾,说不定我早已成为一个大款,挥金如土,不像现在这样,柴、米、油、盐、酱、醋、茶都要斤斤计算了。我是一个被埋没了的"天才"。

还有一件小事,就是滚铁圈。我一闭眼,仿佛就能看到一个八岁的孩子,用一根前面弯成钩的铁条,推着一个铁圈,在"升官街"上从东向西飞跑,耳中仿佛还能听到铁圈在青石板路上滚动的声音。这就是我自己。有一阵子,我迷上了滚铁圈这种活动。在南门内外的大街上没法推滚,因为车马行人,喧闹拥挤。一转入"升官街",车少人稀,英雄就大有用武之地了。我用不着拐弯,一气就推到附小的大门。

转入新育小学

然而,世事多变,风云突起,为了一件没有法子说是大是小的、说起来简直是滑稽的事儿,我离开了一师附小,转了学。原来,当时已是五四运动风起云涌的时候,而一师校长王祝晨是新派人物,立即起来响应,改文言为白话。忘记了是哪个书局出版的国文教科书中选了一篇名传世界的童话《阿拉伯的骆驼》,内容如下:在沙漠大风暴中,主人躲进自己搭起来的帐篷,而把骆驼留在帐外。骆驼忍受不住风沙之苦,哀告主人说:"只让我把头放在帐篷里行不行?"主人答应了。过了一会儿,骆驼又哀告说:"让我把前身放进去行不行?"主人又答应了。又过了一会儿,骆驼又哀告说:"让我全身都进去行不行?"主人答应后,自己却被骆驼挤出了帐篷。童话的意义是非常清楚的。但是天有不测风云,这篇课文竟让叔父看到了。他大为惊诧,高声说:"骆驼怎么能说话呢?荒唐!荒唐!转学!转学!"

于是我立即转了学。从此一师附小只留在我的记忆中了。

我从一师附小转学出来,转到了新育小学,时间是在1920年,我九岁。我同一位长我两岁的亲戚同来报名。面试时因我认识一个"骡"字,定在高小一班。我的亲戚不认识，便定在初小三班，少我一年。一字之差，我争取了一年。

新育小学的校舍

新育小学坐落在南圩子门里，离我们家不算远。校内院子极大，空地很多。一进门，就是一大片空地，长满了青草，靠西边有一个干涸了的又圆又大的池塘，周围用砖石砌得整整齐齐，当年大概是什么大官的花园中的花池，说不定曾经有过荷香四溢、绿叶擎天的盛况，而今则是荒草凄迷、碎石满池了。

校门东向。进门左拐有几间平房，靠南墙是一排平房。这里住着我们的班主任李老师和后来是高中同学的北大毕业生宫兴廉的一家子，还有从曹州府来的三个姓李的同学，他们在家乡已经读过多年私塾，年龄比我们都大，国文水平比我们都高。他们大概是家乡的大地主子弟，在家乡读过书以后，为了顺应潮流，博取一个新功名，便到济南来上小学。他们还带着厨子和听差，住在校内。令我忆念难忘的是他们吃饭时那一蒸笼雪白的馒头。

进东门，向右拐，是一条青石板砌成的小路，路口有一座用木架子搭成的小门，门上有四个大字：循规蹈矩。我当时不知道是什么意思，但觉得这四个笔画繁多的字很好玩。进小门右侧是一个花园，有假山，用太湖石堆成，山半有亭，屹然挺立。假山前后，树木蓊郁。那里长着几棵树，能结出黄色的豆豆，至今我也不知道叫什么树。从规模来看，花园当年一定是繁荣过一阵的。是否有纳兰词中所写的"晚来风起撼花铃，人在碧山亭"那样的荣华，不得而知，但是，极有气派，是至今仍然依稀可见的。可惜当时的校长既非诗人，也非词人，对于这样一个旧花园熟视无睹，任它荒凉衰败、垃圾成堆。

花园对面，小径的左侧是一个没有围墙的大院子，没有多少房子，高台阶上耸立着一所极高极大的屋子，里面隔成了许多间，被校长办公室以及其他一些会计、总务之类的部门分别占据。屋子正中墙上挂着一张韦校长的碳画像，据说是一位高年级的学生用"界画"的办法画成的。我觉得，并不很像。走下大屋的南台阶，距离不远的地方，左右各有一座大花坛，春天栽上牡丹和芍药什么的，一团锦绣。出一个篱笆门，是一大片空地，上面说的大圆池就在这里。

出高台阶的东门，就是"循规蹈矩"小径的尽头。向北走进一个门极大的院子，东西横排着两列大教室，每一列三大间，供全校六个班教学之用。进门左手是一列走廊，上面有屋顶遮盖，下雨淋不着，走廊墙上是贴布告之类的东西的地方。走过两排大教室，再向北，是一个大操场，对一个小学来说，操场是够大的了。操场上有双杠之类的设施，但是，不记得上过什么体育课。小学没有体育课是不可思议的。再向北，在西北角上，有几间房子，是教员住的，门前有一棵古槐，覆盖的面积极大，至今脑海里还留有一团蓊郁翠秀的影像。校舍的情况就是这个样子。

新育小学的教员和职员

按照班级的数目,全校教员应该不少于十几个的,但是,我能记住的只有几个。

我们的班主任是李老师。我从来就不关心他叫什么名字,小学生对老师的名字是不会认真去记的。他大概有四十多岁,在一个九岁孩子的眼中就算是一个老人了。他非常诚恳忠厚,朴实无华,从来没有训斥过学生,说话总是和颜悦色,让人感到亲切。他是我一生最难忘的老师之一。当时的小学教员,大概都是教多门课程的,什么国文、数学(当时好像是叫算术)、历史、地理等课程都一锅煮了。因为程度极浅,用不着有多么大的学问。一想到李老师,就想起了两件事。一件是,某一年初春的一天,大圆池旁的春草刚刚长齐,天上下着小雨,"沾衣欲湿杏花雨,吹面不寒杨柳风"。李老师带着我们全班到大圆池附近去种菜,自己挖地,自己下种,无非是扁豆、芸豆、辣椒、茄子之类。顺便说一句,当时西红柿还没有传入济南,北京如何,我不知道。当时碧草如茵,嫩柳鹅黄,一片绿色仿佛充塞了宇宙,伸手就能摸到。我们蹦蹦跳跳,快乐得像一群初入春江的小鸭。这是我一生三万多天中最快活的一天,至今回想起来还兴奋不已。另一件事是,李老师辅导我们英文。认识英文字母,他有妙法。他说,英文字母 f 就像一只大马蜂,两头长,中间腰细。这个比喻,我至今不忘。我不记得课堂上的英文是怎样教的,但既然李老师辅导我们,则必然有这样一堂课无疑。好像还有一个英文补习班。

另一位教员是教珠算(打算盘)的,好像是姓孙,名字当然不知道了。此人脸盘长得像知了,知了在济南叫Shao Qian,就是蝉,因此学生们就给他起了一个外号,叫Shao Qian,我到现在也不知道这两个字怎样写。此人好像是一个"迫害狂"、一个"法西斯分子",对学生从来没有笑脸。打算盘本来是一个技术活,原理并不复杂,只要稍加讲解就足够了,至于准确纯熟的问题,在运用中就可以解决。可是这一位Shao Qian公,对初学的小孩子制定出了极残酷、不合理的规定:打错一个数,打一板子。在算盘上差一行,就差十个数,结果就是十板子。上一堂课下来,每个人几乎都得挨板子。如果错到几十个到一百个数,那板子不知打多久才能打完。有时老师打累了,才板下开恩。那时候体罚被认为是合情合理的,八九十来岁的孩子到哪里去告状呀!而且"造反有理"的"最高指示"还没有出来。

那时候,新育已经男女同学,还有缠着小脚去上学的女生,大家也不以为怪。大约在我高小二年级时,学校里忽然来了一个女教师,年纪不大,教美术和音乐。我们班没有上过她的课,不知姓甚名谁。除了她新来时颇引起了一阵街谈巷议之外,不久也就习以为常了。

至于职员,我们只认识一位,是管庶务的。我们当时都写大字,叫作写"仿"。仿纸由学生出钱,学校代买。这一位庶务,大概是多克扣了点儿钱,买的纸像大便用的手纸一样粗糙。山东把"手纸"叫"草纸",学生们就把"草纸"的尊号赏给了这一位庶务先生。

在我的小学和中学中,新育小学不能说是一所关键的学校,可是不知为什么,我对在新育三年的记忆特别清楚。一闭眼,一幅完整的新育图景就展现在我的眼前,仿佛是昨天才离开那里似的,校舍和人物,以及我的学习和生活,巨细不遗,均深刻地印在我的记忆中。更奇怪的是,我上新育与上一师附小紧密相连,时间不过是几天的工夫,而后者则模糊成一团,几乎是什么也记不起来。其原因到现在我也无法解释。

新育三年,斑斓多彩。

在新育小学学习的一般情况

我是不喜欢念正课的。对所有的正课,我都采取对付的办法。上课时,不是玩儿小动作,就是不专心致志地听老师讲,脑袋里不知道在想些什么,常常走神儿,斜眼看到教室窗外四时景色的变化:春天繁花似锦,夏天绿柳成荫,秋天风卷落叶,冬天白雪皑皑。旧日有一首诗:"春天不是读书天,夏日炎炎正好眠,秋有蚊虫冬有雪,收拾书包好过年。"可以为我写照。当时写作文都用文言,语言障碍当然是有的,最困难的是不知道怎样起头。老师出的作文题写在黑板上,我立即在作文簿上写上"人生于世"四个字,下面就穷了词儿，仿佛永远要"生"下去似的。以后憋好久，才能憋出一篇文章。万没有想到，以后自己竟一辈子舞笔弄墨，逐渐体会到，写文章是要讲究结构的，而开头与结尾最难。这现象在古代大作家笔下经常可见。然而，到了今天，知道这种情况的人似乎已不多了。也许有人竟以为这是怪论，是迂腐之谈，我真欲无言了。有一次作文，我不知从什么书里抄了一段话："空气受热而上升，他处空气来补其缺，遂流动而成风。"句子通顺，受到了老师的赞扬。可我一想起来，心里就不是滋味，愧悔有加。在今天，这也可能算是文坛的腐败现象吧。可我只是个十岁的孩子，不知道什么叫文坛，我一不图名，二不图利，完全为了好玩儿。但自己也知道，这样做是不对的，所以才愧悔。从那以后，一生中再没有剽窃过别人的文字。

小学也是每学期考试一次。每年两次，三年共有六次，我的名次总盘旋在甲等三四名和乙等前几名之间。甲等第一名被一个叫李玉和的同学包办，他比我大几岁，是一个拼命读书的学生。我从来也没有争第一名的念头，我对此事极不感兴趣。根据我后来的经验，小学考试的名次对一个学生一生的生命历程没有多少影响，家庭出身和机遇影响更大。

我一生自认为是一个性格内向的人。可是现在回想起来，我在新育小学时期，一点儿也不内向，而是外向得很。我喜欢打架，欺负人，也被人欺负。有一个男孩子，比我大几岁，个子比我高半头，总好欺负我。最初我有点怕他，他比我劲儿大。时间久了，我忍无可忍，同他干了一架。他个子高，打我的上身。我个子矮，打他的下身。后来搂抱住滚在双杠下面的沙土堆里，有时候他在上面，有时候我也在上面，没有决出胜负。上课铃响了，各回自己的教室，从此他再也不敢欺负我，天下太平了。

我却反过头来又欺负别的孩子。被我欺负得最厉害的是一个名叫刘志学的小学生，岁数可能比我小，个头差不多，但是懦弱无能，一眼被我看中，就欺负起他来。根据我的体会，小学生欺负人并没有任何原因，也没有什么仇恨，只是个人有劲儿使不出，无处发泄，便寻求发泄的对象了。刘志学就是我寻求的对象，于是便开始欺负他，命令他跪在地下，不听就拳打脚踢。如果他鼓起勇气，抵抗一次，我也许就会停止，至少是会收敛一些。然而他是个窝囊废，一丝抵抗的意思都没有。这当然更增加了我的气焰，欺负的次数和力度都增加了。刘志学家人同婶母是拐弯抹角的亲戚。他向家里告状，他父母便来我家告状。结果我挨了婶母一阵数落，这一幕悲喜剧才告终。

从这一件小事来看，我无论如何也不能算是一个内向的孩子。怎么会一下子转成内向了呢？这问题我从来没有想到过。现在忽然想起来了，也就顺便给它一个解答。《三字经》中有两句话："性相近，习相远。"我认为，"习"是能改造"性"的。我六岁离开母亲，童心的发展在无形中受到了阻碍。我能躺在一个非母亲的人的怀抱中打滚撒娇吗？这是不能够想象的。我不能说，叔婶虐待我，那样说是谎言；但是在日常生活中，小小的歧视却是可以感觉得到的。比如说，做衣服，有时就不给我做。在平常琐末的小事中，偏心自己的亲生女儿，这也是人之常情，不足为怪。一个七八岁的孩子对于这些事情并不敏感。但是，积之既久，在自己潜意识中难免留下些印记，从而影响到自己的行动。我清晰地记得，向婶母张口要早点钱，在我竟成了难题。有一个夏天的晚上，我们都在院子里铺上席，躺在上面纳凉。我想到要早点钱，但不敢张口，几次欲言又止，最后时间已接近深夜，才鼓起了最大的勇气，说要几个小制钱。钱拿到手，心中狂喜，立即躺下，进入黑甜乡，睡了一整夜。对一件事来说，这样的心理状态是影响不大的，但是时间一长，性格就会受到影响。我觉得，这个解释是合情合理的。

看捆猪

新育小学的西邻是一个养猪场，规模大概相当大，我从来没有进去过。大概是屠宰业的规定，第二天早晨杀猪，头一天下午接近黄昏的时候就把猪捆好。但是，捆猪并不容易，猪同羊和牛都不一样，当它们感到末日来临时，是会用超常的力量来奋起抵抗的。我和几位调皮的小伙伴往往在放学后不立即回家，而是一听隔壁猪叫就立即爬上校内的柳树，坐在树的最高处，看猪场捉猪。有的猪劲儿极大，不太矮的木栅栏一跃而过，然后满院飞奔。捉猪人使用极其残暴的手段和极端残忍的工具——一条长竿顶端有两个铁钩——努力把猪捉住。有时候竿顶上的铁钩深刺猪的身躯上的某一部分,鲜血立即喷出。猪仍然不肯屈服,带血狂奔,流血满地,直到筋疲力尽,才被人捆绑起来,嘴里仍然嚎叫不止,有的可能叫上一夜,等到第二天早晨挨上那一刀,灵魂或者进入地狱,或者进入天堂。这实在是极端残忍的行为。在高级的雍容华贵的餐厅里就着葡萄美酒吃猪排的美食者,大概从来不会想到这一点。还是中国古代的君子聪明,他们"远庖厨",眼不见为净。

我现在——不是当年,当年是没有这样敏感的——浮想联翩,想到了很多事情。首先我想到造物主——我是不相信有这玩意儿的——实在是非常残酷不仁。他一定要让动物互相吞噬,才能生活下去。难道不能用另外一种方法来创造动物界吗?即使退一步想,让动物像牛羊一样只吃植物行不行呢?当然,植物也是生物,也有生命;但是,我们看不到植物流泪,听不到它们嚎叫,至少落个耳根清净吧。

我又想到,同样是人类,对猪的态度也不尽相同。我曾在德国住过多年。那里的农民有的也养猪。怎样养法,用什么饲料,我一概不知。养到一定的重量,就举行一次屠宰节(Schlachs Fest),邀请至亲好友,共同欢聚一次。我的女房东有时候就下乡参加这样的欢聚。她告诉我,先把猪赶过来,乘其不备,用手枪在猪头上打上一枪,俟其倒毙,再动手宰割,将猪身上不同部位的肉和内脏,加工制成不同的食品,然后大家暂时或长期享用。猪被人吃,合乎人情事理,但不让猪长时间受苦,德国人这种"猪道主义"是颇值得我们学习的。至于在手枪发明以前德国人是怎样杀猪的,我没有研究过,只好请猪学专家去考证研究了。

看杀人

济南地势,南高北低。到了夏天下大雨的时候,城南群山的雨水汇流成河,顺着一条大沙沟,奔腾而北,进了圩子墙,穿过朝山街、正觉寺街等马路东边房子后面的水沟,再向前流去,济南人把这一条沙沟叫"山水沟"。

新育小学坐落在南圩子门里,圩子门是朝山街的末端。出圩子门向右拐,有一条通往齐鲁大学的大道。大道中段要经过上面提到的山水沟,右侧有一座小小的龙王庙,左侧则是一大片荒滩,对面土堤很高,这里就是当时的刑场,是处决犯人的地方。犯人出发的地方是城里院东大街路北山东警察厅内的监狱。出大门向右走一段路,再左拐至舜井街,然后出南城门,经过朝山街,出南圩子门,照上面的说法走,就到了目的地。

朝山街是我上学必经之路。有时候,看到街道两旁都挤满了人,就知道,今天又要杀人了。我于是立即兴奋起来,把上学的事早已丢到九霄云外去了。挤在人群里,伸长了脖子,等候着,等候着。此时,只有街道两旁人山人海,街道中间则既无行人,也无车马。不久,看到一个衣着破烂的人,喝得醉醺醺的，右肩背着一支步枪，慢腾腾地走了过去。大家知道，这就是刽子手。再过不久，就看到大队警察，簇拥着待决的囚犯，一个或多个，走了过来。囚犯是五花大绑，背上插着一根木牌，上面写着他的名字，名字上面用朱笔画上了一个红叉。犯人过去了以后，街上的秩序立即大乱。人群纷纷向街中间，拥拥挤挤，摩肩接踵，跟着警察大队，挤出南圩子门，纷纷抢占高地制高点，能清晰看到刑场的情况，但不敢离得太近，理由自明。警察押着犯人走向刑场，犯人面南跪在高崖下面，枪声一响，仪式完毕，警察撤走。这时一部分群众又拥向刑场，观看躺在地上的死尸。枪毙土匪，是没有人来收尸的。我们几个顽皮的孩子当然不甘落后，也随着大家往前拥。经过了这整个过程，才想起上学的事来。走回学校，免不了受到教员的斥责。然而却决不改悔，下一次碰到这样的事，仍然照看不误。

当时军阀混战，中原板荡，农村政权，形同虚设。县太爷龟缩在县城内，广大农村地区不见一个警察，坏人或者为穷所逼铤而走险的人，变成了土匪（山东话叫"老缺"），横行乡里。从来没听说，哪一帮土匪劫富济贫，替天行道。他们绑票勒索，十分残酷。我的一个堂兄林字辈的第一人季元林，家里比较富裕，被土匪绑走，勒索巨款。家人交上了赎票的钱，但仍被撕票，家人找到了他的尸体，惨不忍睹，双眼上各贴一张狗皮膏药，两耳中灌满了蜡烛油。可见元林在匪穴中是受了多么大的痛苦。这样的土匪偶尔也会被捉住几个，送到济南来，就演一出上面描写的那样的悲喜剧。我在新育三年，这样的剧颇看了不少。对一个十一二岁的孩子来说，了解社会这一方面的情况，并无任何坏处。

旧社会有定期举行的买卖骡马的集市。新育小学大门外空地上就有这样的马市。忘记是多久举行一次了。到了这一天，空地上挤满了人和马、骡、驴等，不记得有牛。这里马嘶驴鸣，人声鼎沸，一片繁忙热闹的景象。骡马的高低肥瘦，一看便知；但是年龄却是看不出来的，经纪人也自有办法。骡、马、驴都是吃草的动物，吃草要用牙，草吃多了，牙齿就受到磨损。专家们从牙齿磨损的程度上就能看出它们的年龄。于是，在看好了骡马的外相之后，就用手扒开它们的嘴，仔细观看牙齿。等到这一些手续都完了以后，就开始讨价还价了。在这里，不像在蔬菜市场上或其他市场上那样，用语言，用嘴来讨价还价，而是用手，经纪人和卖主或他的经纪人，把手伸入袖筒里，用手指头来讨论价格，口中则一言不发。如果袖筒中价钱谈妥，则退出手来，交钱牵牲口。这些都是没有见过世面的"下等人"，不懂开什么香槟酒来庆祝胜利，甚至有的价格还抵不上一瓶昂贵的香槟酒。如果袖筒空谈没有结果，则另起炉灶，找另外的人去谈了。至于袖筒中怎样谈法，这是经纪人垄断的秘密，我们局外人是无法知道的。这同中国佛教禅宗的薪火相传，颇有些类似之处。

九月九庙会

每年到了旧历九月初九,是所谓重阳节,是登高的好日子。这个节日来源很古,可能已有几千年的历史。济南的重阳节庙会(实际上并没有庙,姑妄随俗称之)是在南圩子门外大片空地上,西边一直到山水沟。每年,进入夏历九月不久,就有从全省一些地方,甚至全国一些地方来的艺人会聚此地,有马戏团、杂技团、地方剧团、变戏法的、练武术的、说山东快书的、玩猴的、耍狗熊的,等等,应有尽有。他们各自圈地搭席棚围起来,留一出入口,卖门票收钱。规模大小不同,席棚也就有大有小,总数至少有几十座。在夜里有没有"夜深千帐灯"的气派,我没有看到过,不敢瞎说,反正白天看上去,方圆几十里,颇有点动人的气势。再加上临时赶来的卖米粉、炸丸子和豆腐脑等的担子,卖花生和糖果的摊子,特别显眼的柿子摊——柿子是南山特产,个大色黄,非常吸引人——这一切混合起来,形成了一种人声嘈杂、歌吹沸天的气势,仿佛能南摇千佛山、北震大明湖、声撼济南城了。

我们的学校,同庙会仅一墙(圩子墙)之隔,会上的声音依稀可闻。我们这些顽皮的孩子能安心上课吗?即使勉强坐在那里,也是身在课堂心在会。因此,一有机会,我们就溜出学校,又嫌走圩子门太远,便就近爬过圩子墙,飞奔到庙会上,一睹为快。席棚很多,我们先拣大的去看。我们谁身上也没有一文钱,门票买不起。好在我们都是三块豆腐干高的小孩子,混在购票观众中挤进去,也并不难。进去以后,里面就成了我们的天地,不管耍的是什么,我们总要看个够。看完了,走出来,再钻另外一个棚,几乎没有钻不进去的。实在钻不进去,就绕棚一周,看看哪一个地方有小洞,我们就透过小洞往里面看,也要看个够。在十几天的庙会中,我们钻遍了大大小小的棚,对整个庙会一览无余,一文钱也没有掏过。可是,对那些卖吃食的摊子和担子,则没法钻空子,只好口流涎水,望望然而去之。虽然不无遗憾,也只能忍气吞声了。

看 戏

我们住的佛山街中段一座火神庙前,有一座旧戏台,已经破旧不堪,门窗有的已不存在,看上去,离倒塌已经不太远了。我每天走过这里,不免看上几眼;但是,好多年过去了,没有看到过一次演戏。有一年,还是我在新育小学念书的时候,不知道是哪一位善男信女,忽发大愿,要给火神爷唱上一天戏,就把旧戏台稍稍修饰了一下,在戏台和大神庙门之间,左右两旁搭上了两座木台子,上设座位,为贵显者所专用。其余的观众就站在台下观看。我们家里,规矩极严,看戏是决不允许的。我哪里能忍受得了呢?没有办法,只有在奉命到下洼子来买油、打醋、买肉、买菜的时候,乘机到台下溜上几眼,得到一点儿满足。有一次,回家晚了,还挨了一顿数落。至于台上唱的究竟是什么戏,我完全不懂。剧种也不知道,反正不会是京剧,也不会是昆曲,更不像后来的柳子戏,大概是山东梆子吧。前二者属于阳春白雪之列,而这样的戏台上只能演下里巴人的戏。对于我来说,我只瞥见台上敲锣拉胡琴的坐在一旁,中间站着一位演员在哼哼唧唧地唱,唱词完全不懂。还有红绿的门帘,尽管陈旧,也总能给寥落古老的戏台增添一点儿彩色,吹进一点儿生气,我心中也莫名其妙地感到了一点儿兴奋,这样我就十分满足了。

学英文

我在上面曾说到李老师辅导我们学英文字母的事情。英文补习班似乎真有过,但具体的情况则完全回忆不起来了。时间大概是在晚上。我的记忆中有很清晰的一幕:在春天的晚间,上过课以后,在校长办公室高房子前面的两座花坛中间,我同几个小伙伴在说笑,花坛里的芍药或牡丹的大花朵和大叶子,在暗淡的灯光中,分不清红色和绿色,但是鼻子中似乎能嗅到香味。芍药和牡丹都不以香名。唐人诗:"国色朝酣酒,天香夜染衣",其中用"天香"二字,似指花香。不管怎样,当时,在料峭的春夜中,眼前是迷离的花影,鼻子里是淡淡的清香,脑袋里是刚才学过的英文单词,此身如遗世独立。这一幅电影画面以后常在我眼前展现,至今不绝。我大概确实学了不少的英文单词,毕业后报考正谊中学时,不意他们竟考英文,内容是翻译几句话:"我新得了一本书,已经读了几页,不过有些字我不认识。"我大概是翻出来了,所以才考了一个一年半级。

国文竞赛

有一年,在秋天,学校组织全校学生游开元寺。

开元寺是济南名胜之一,坐落在千佛山东群山环抱之中。这是我经常来玩儿的地方。寺上面的大佛头尤其著名,是把一面巨人的山崖雕凿成了一个佛头,其规模虽然比不上四川的乐山大佛,但是在全国的石雕大佛中也是颇有一点儿名气的。从开元寺上面的山坡上往上爬,路并不崎岖,爬起来比较容易。爬上一刻钟到半个小时就到了佛头下。据说佛头的一个耳朵眼儿里能够摆一桌酒席。我没有试验过,反正其大可想见了。从大佛头再往上爬,山路当然更加崎岖,山石当然更加亮滑,爬起来颇为吃力。我曾爬上来过多次,颇有驾轻就熟之感,感觉不到多么吃力,爬到山顶上,有一座用石块垒起来的塔似的东西。从济南城里看过去,好像是一个橛子,所以这一座山就得名橛山。同泰山比起来,橛山不过是小巫见大巫;但在济南南部群山中,橛山却是鸡群之鹤。登上山顶,望千佛山顶如在肘下,大有"一览众山小"之慨了。可惜,这里一棵树都没有,不但没有松柏,连槐柳也没有,只有荒草遍山,看上去有点童山濯濯了。

从橛山山顶,经过大佛头,走了下来,地势渐低,树木渐多,走到一个山坳里,就是开元寺。这里松柏参天,柳槐成行,一片浓绿,间以红墙,仿佛在沙漠里走进了一片绿洲。虽然大庙那样的琳宫梵宇、崇阁高塔在这里找不到,但是也颇有几处佛殿,佛像庄严。院子里有一座亭子,名叫静虚亭。最难得最引人注目的是一泓泉水,在东面石壁的一个不深的圆洞中。水不是从下面向上涌,而是从上面石缝里向下滴,积之既久,遂成清池,名之曰"秋棠池",洞中水池的东面岸上长着一片青苔,栽着数株秋海棠。泉水是上面群山中积存下来的雨水,汇聚在池上,一滴一滴地往下滴。泉水甘甜凛冽,冬不结冰。庙里住持的僧人和络绎不绝的游人,都从泉中取水喝。此水煮开泡茶,也是茶香水甜,不亚于全国任何名泉。有许多游人是专门为此泉而来开元寺的。我个人很喜欢开元寺这个地方,过去曾多次来过。这一次随全校来游,兴致仍然极高,虽归而兴未尽。

回校后,学校出了一个作文题目《游开元寺记》,举行全校作文比赛,把最好的文章张贴在教室西头走廊的墙壁上。前三名都为我在上面提到过的从曹州府来的三位姓李的同学所得。第一名作文后面老师的评语是"颇有欧苏真气"。我也榜上有名,但在八九名之后了。

难忘
中学

我对新育小学的回忆,就到此为止了。我写得冗长而又拉杂,这对今天的青少年们,也许还会有点儿好处,他们可以通过我的回忆了解一下七十年前的旧社会,从侧面了解一下中国近现代史,对我自己来说,在写作的过程中,我仿佛又回到了七十多年前,又变成了一个小孩子,重新度过那可爱而实际上又并不怎么可爱的三年。

进入正谊中学

在过去的济南,正谊中学最多只能算是一所三流学校,绰号"破正谊",与"烂育英"凑成一对,成为难兄难弟。但是,正谊三年毕竟是我生命中的一个阶段,即使不是重要的阶段,也总能算是一个有意义的阶段。因此,我在过去写的许多文章中都谈到了正谊,但是,谈得很不全面,很不系统。现在想比较全面地、比较系统地叙述一下我在正谊三年的过程。

正谊中学坐落在济南大明湖南岸阎公祠(阎敬铭的纪念祠堂)内。原有一座高楼还保存着,另外又建了两座楼和一些平房。这些房子是什么时候建造的,我不清楚,也没有研究过。校内的景色是非常美的,特别是北半部靠近原阁公祠的那一部分。绿杨撑天,碧水流地。一条清溪从西向东流,尾部有假山一座,小溪穿山而过。登上阁公祠的大楼,可以看到很远的地方。向北望,大明湖碧波潋滟,水光接天。夏天则是荷香十里,绿叶擎天。向南望,是否能看到千佛山,我没有注意过。我那时才十三四岁,旧诗读得不多,对古代诗人对自然美景的描述和赞美,不甚了了,也没有兴趣。我的兴趣是在大楼后的大明湖岸边上。每到夏天,湖中长满了芦苇。芦苇丛中到处是蛤蟆和虾,这两种东西都是水族中的笨伯。在家里偷一根针,把针尖砸弯,拎上一条绳,顺手拔一枝苇子,就成了钓竿似的东西。蛤蟆端坐在荷叶上,你只需抓一只苍蝇,穿在针尖上,把钓竿伸向它抖上两抖,蛤蟆就一跃而起,意思是想捕捉苍蝇,然而却被针尖钩住,提上岸来。我也并不伤害它,仍把它放回水中。有了这个教训的蛤蟆是否接受教训,不再上当,我没法研究。这疑难问题,虽然比不上相对论,但要想研究也并不容易,只有请美国科学家们代劳了。最笨的还是虾。这种虾是长着一对长夹的那一种,齐白石画的虾就是这样的。对付它们,更不费吹灰之力,只需顺手拔一枝苇子,看到虾,往水里一伸,虾们便用长夹夹住苇秆,死不放松,让我拖出水来。我仍然把它们再放回水中。我是醉翁之意不在酒,而在戏耍也。上下午课间的几个小时,我就是这样打发的。

我家住在南城,要穿过整个济南城才能到大明湖畔,因此中午不回家吃饭。婶母每天给两个铜元当午餐费,一个铜元买一块锅饼,大概不能全吃饱,另一个铜元买一碗豆腐脑或一碗炸丸子,就站在校门外众多的担子旁边,狼吞虎咽,算是午饭,心里记挂的还是蛤蟆和虾。看到路旁小铺里卖的一个铜元一碟的小葱拌豆腐,简直是垂涎三尺。至于那几个破烂小馆里的炒木樨肉等炒菜,香溢门外,则更是如望海上三山,可望而不可即了。有一次,我从家里偷了一个馒头带在身边,中午可以节约一个铜元,多喝一碗豆腐脑或多吃一点炸丸子,惹得婶母老大不高兴。古话说:"君子不贰过。"从此不敢再偷了。又有一次,学校里举办什么庆祝会,我参加帮忙。中午每人奖餐券一张,到附近一个小馆里去吃一顿午饭。我如获至宝,昔日可望而不可即的地方,今天我终于来了,饱饱地吃了一顿,以致晚上回家,连晚饭都吃不下了。这也许是我生平吃得最饱的一顿饭。

我当时并不喜欢念书。我对课堂和老师的重视远远比不上我对蛤蟆和虾的兴趣。每次考试,好了可以考到甲等三四名,坏了就只能考到乙等前几名,在班上总还是高才生。其实我根本不计较这些东西。

我的几个老师

提到正谊的师资,因为是私立,工资不高,请不到好教员。班主任叫王烈卿,绰号"王劣子"。不记得他教过什么课，大概是一位没有什么学问的人，很不受学生的欢迎。有一位教生物学的教员，姓名全忘记了。他不认识"玫瑰"二字，读之为"久块"，其他概可想象了。但也确有饱学之士。有一位教国文的老先生，姓杜，名字忘记了，也许当时就没有注意，只记得他的绰号"杜大肚子"。此人确系饱学之士，熟读经书，兼通古文，一手小楷写得俊秀遒劲，不亚于今天的任何书法家。听说前清时还有过什么功名。但是，他生不逢时，命途多舛，毕生浮沉于小学教员与中学教员之间，后不知所终。他教我的时候是我在高一的那一年。我考入正谊中学，录取的不是一年级，而是一年半级，由秋季始业改为春季始业。我只待了两年半，初中就毕业了。毕业后又留在正谊，念了半年高一。杜老师就是在这个时候教我们班的，时间是1926年，我十五岁。他出了一个作文题目与描绘风景抒发感情有关。我不知天高地厚，写了一篇带有骈体文味道的作文。我在这里补说一句，那时候作文都是文言文，没有写白话文的。我对自己那一篇作文并没有沾沾自喜，只是写这样的作文，我还是第一次尝试，颇有期待老师表态的想法。发作文簿的时候，看到杜老师在上面写满了密密麻麻的字，等于他重新写了一篇文章。他的批语是："要作花样文章，非多记古典不可。"短短一句话，可以说是正击中了我的要害。古文我读过不少，骈文却只读过几篇。这些东西对我的吸引力远远比不上《彭公案》《济公全传》《七侠五义》等一类的武侠神怪小说。这些东西被叔父贬为"闲书"，是禁止阅读的，我却偏乐此不疲，有时候读起了劲儿，躲在被窝里利用手电筒来读。我脑袋里哪能有多少古典呢？仅仅凭着那几个古典和骈文日用的词句就想写"花样文章"，岂非是一个典型的癞蛤蟆吗？看到了杜老师批改的作文，我心中又是惭愧，又是高兴。惭愧的原因，用不着说。高兴的原因则是杜老师已年届花甲竟不嫌麻烦这样修改我的文章，我焉得不高兴呢？离开正谊以后，好多年没有回去，当然也就见不到杜老师了。我不知道他后来怎样了，但是，我却不时怀念他。他那挺着大肚皮步履蹒跚地走过操场去上课的形象，将永远留在我的记忆中。

另外一个让我难以忘怀的老师，就是教英文的郑又桥先生。他是南方人，不是江苏就是浙江。他的出身和经历，我完全不知道，只知道他英文非常好，大概是专教高年级的。他教我们的时间，同杜老师同时，也是在高中一年级，当时那是正谊的最高年级。我自从进正谊中学将近三年以来，英文课本都是现成的：《天方夜谭》《泰西五十轶事》，语法则是《纳氏文法》（Nesfield 的文法）。大概所有的中学都一样，郑老师用的也不外是这些课本，至于究竟是哪一本，现在完全忘记了。郑老师教书的特点，突出地表现在改作文上。别的同学的作文本我没有注意，我自己的作文，则是郑老师一字不改，根据我的原意另外写一篇。现在回想起来，这有很大的好处。我情动于中，形成了思想，其基础或者依据当然是母语，对我来说就是汉语，写成了英文，当然要受汉语的制约，结果就是中国式的英文。这种中国式的英文，一直到今天，还没有消除。郑老师的改写是地道的英文，这是多年学养修炼成的，并不是每个人都能做到的。拿我自己的作文和郑先生的改作细心对比，可以悟到许多东西，简直可以说是一把开门的钥匙。可惜只跟郑老师学了一个学期，我就离开了正谊。再一次见面已经是二十多年以后的事情了。1947年暑假，我从北京回到了济南。到母校正谊去探望，万没有想到竟见到了郑老师。我经过了三年高中，四年清华，十年德国，已经从一个小孩子变成了一个小伙子，而郑老师则已垂垂老矣。他住在靠大明湖的那座楼上中间一间屋子里，两旁以及楼下全是教室，南望千佛山，北倚大明湖，景色十分宜人。师徒二十多年没有见面，其喜悦可知。我曾改写杜诗："人生不相见，动如参与商。今日复何日，共此明湖光。"他大概对我这个徒弟很感到骄傲，曾在教课的班上，手持我的名片，激动地向同学介绍了一番。从那以后，"世事两茫茫"，再没有见到郑老师，也不知道他的下落。直到今天，我对他仍然是忆念难忘。

徐金台老师大概是正谊的资深教员，很受师生尊敬。我没有上过他的课。但是，他在课外办了一个古文补习班，愿意学习的学生，只需每月交上几块大洋，就能够随班上课了。上课时间是下午放学以后，地点是阁公祠大楼的一间教室里，念的书是《左传》《史记》一类的古籍，讲授者当然就是徐金台老师了。叔父听到我说这一件事，很高兴，立即让我报了名。具体的时间忘记了，反正是在那三年中。记得办班的时间并不长，不知道是由于什么，突然结束了。大概读了《左传》和《史记》中的几篇。对我究竟有多大影响，很难说清楚。反正读了几篇古文，总比不读要好吧。

叔父对我的古文学习，还是非常重视的。就在我在正谊读书的时候，他忽然心血来潮，亲自选编，亲自手抄了一本厚厚的《课侄选文》，并亲自给我讲解。选的文章都是理学方面的，唐宋八大家的文章一篇也没有选。说句老实话，我并不喜欢这类的文章。好在他只讲解过几次之后就置诸脑后，再也不提了。这对我是一件十分值得庆幸的事情，我仿佛得到了解放。

要谈正谊中学，必不能忘掉它的创办人和校长鞠思敏（承颖）先生。由于我同他年龄差距过大，他大概大我五十岁，我对他早年的活动知之甚少。只听说，他是民国初年山东教育界的领袖人物之一，当过什么长，后来自己创办了正谊中学，一直担任校长。我十二岁入正谊，他大概已经有六十来岁了，当然不可能引起他的注意，没有谈过话。我每次见到他，就油然起敬仰之情。他个子颇高，身材魁梧，走路极慢，威仪俨然。穿着极为朴素，夏天布大褂，冬天布棉袄，脚上穿着一双黑布鞋，袜子是布做的。现在机器织成的袜子，当时叫作洋袜子，已经颇为流行了。可鞠先生的脚上却仍然是布袜子，可见他俭朴之一斑。

鞠先生每天必到学校里来，好像并不讲授什么课程，只是来办公。我还是一个孩子，不了解办学的困难。在军阀的统治之下，军用票满天飞，时局动荡，民不聊生。在这样的情况下，维持一所有几十名教员、上千名学生的私立中学，谈何容易。鞠先生身上的担子重到什么程度，我简直无法想象了。然而，他仍然极度关心青年学生们的成长，特别是在道德素质方面，他更倾注了全部的心血，想把学生培养成有文化、有道德的人。每周的星期一上午八时至九时，全校学生都必须集合在操场上。他站在台阶上对全校学生讲话，内容无非是怎样做人，怎样爱国，怎样讲公德、守纪律，怎样严以律己、宽以待人，怎样孝顺父母，怎样尊敬师长，怎样同同学和睦相处。总之，不外是一些在家庭中也常能听到的道德教条，没有什么新东西。他简直像一个絮絮叨叨的老太婆，而且每次讲话内容都差不多。事实上，内容就只有这些，他根本不可能花样翻新。当时还没有什么扩音器等洋玩意儿，他的嗓音并不洪亮，站的地方也不高。我不知道，全体学生是否都能够听到，听到后的感觉如何。我在正谊三年，听了三年。有时候确也感到絮叨，但是，自认是有收获的。他讲的那一些普普通通做人的道理，都是金玉良言，我也受到了潜移默化的影响。

在正谊中学，我曾进入尚实英文学社。这是一个私人办的学社，坐落在济南城内按察司街南口一条巷子的拐角处。创办人叫冯鹏展，是广东人，不知道何时流寓在北方，英文也不知道是在哪里学的，水平大概是相当高的。他白天在几个中学兼任英文教员,晚上则在自己家的前院里招生教英文。记得学生每月是交三块大洋。教员只有三位:冯鹏展先生、钮威如先生、陈鹤巢先生,他们都各有工作,晚上教英文算是副业。但是,他们教书都相当卖力气。学子趋之若鹜,总人数大概有七八十人。别人我不清楚,我自己是很有收获的。我在正谊之所以能在英文方面居全班之首,同尚实是分不开的。在中小学里,课程与课程在得分方面是很不相同的。历史、地理等课程,考试前只需临时抱佛脚死背一气,就必能得高分。而英文和国文则必须有根底才能得高分,而根底却是在相当长的时间内打下的,现上轿现扎耳朵眼儿是办不到的。在北园山大高中时期,我有一个同班同学,名叫叶建恃,记忆力特强。但是,两年考了四次,我总是全班状元,他总屈居榜眼,原因就是他其他杂课都能得高分,独独英文和国文,他再聪明也上不去,就因为他根底不行。我的英文之所以能有点根底,同尚实的教育是紧密相连的。国文则同叔父的教育和徐金台先生是分不开的。

说句老实话,我当时并不喜欢读书,也无意争强,对大明湖蛤蟆的兴趣远远超过书本。现在回想起来,当时我的压力真够大的。每天(星期天当然除外)早上从南关穿过全城走到大明湖,晚上五点再走回南关。吃完晚饭,立刻就又进城走到尚实英文学社,晚九点回家,真可谓马不停蹄了。但是,我并没有感觉到什么压力,在精神上和肉体上都没有。每天晚上,尚实下课后,我并不急于回家,往往是一个人沿着院东大街向西走,挨个儿看马路两旁的大小铺面,有的还在营业,当时电灯并不明亮。大铺子,特别是那些卖水果的大铺子,门口挂上一盏大的煤气灯,照耀得如同白昼。下面摆着摊子,在冬天也陈列着从南方运来的香蕉和橘子,再衬上本地产的苹果和梨。红绿分明,五光十色,真正诱人。我身上连一个铜板都没有,只能过屠门而大嚼,徒饱眼福。然而却百看不厌,每天晚上必到,一直磨蹭到十点多才回到家中。第二天一大早就又要长途跋涉了。

我就是这样度过了三年的正谊中学时期和几乎同样长的尚实英文学社时期。当时我十二岁到十五岁。

考入北园高中

1926年,我十五岁,在正谊中学春季始业的高中待了半年,秋天考入山东大学附设高中一年级。北园高中是山东大学附设的高中。入正谊时沾了半年的便宜,结果形同泡影,一扫而光了。

北园高中坐落在济南北园白鹤庄。泉城济南的地势,南高北低。常言道:"水往低处流。"泉城七十二名泉的水,流出地面以后,一股脑儿都向北流来。连泰山北麓的泉水也通过黑虎泉、龙洞等处,注入护城河,最终流向北园,一部分注入小清河,向大海流去。因此,北园成了水乡,到处荷塘密布,碧波激滟。风乍起,吹皱一塘清水。无风时则如一片明镜,可以看到二十里外千佛山的倒影。有人怀疑这种说法，最初我也是怀疑派。后来我亲眼看到了，始知此语非虚。塘边绿柳成行，在夏天，绿叶葳蕤，铺天盖地，都如绿雾，仿佛把宇宙也染成了绿色的宇宙，虽然不能"烟笼十里堤"，也自风光旖旎，悦人心目。

白鹤庄就是处在绿杨深处、荷塘环绕的一个小村庄。高中所在地是村中的一处大宅院，当年初建时，据说是一个什么医学专科学校，后来关门了，山大高中初建就选定了这一座宅院作校址。这真是一个念书的绝妙的好地方。我们到的时候，学校已经有三年级一个班，二年级一个班，我们一年级共分四个班，总共六个班，学生二百余人。

高中是公立的学校，经费不发生问题。因此，师资队伍可谓极一时之选，远非正谊中学所可比。在下面，我先把留给我印象最深的几位老师简要地介绍一下。

在回忆正谊中学的时候，我已经写到了鞠思敏先生，有比较详细的介绍。在正谊中学，鞠思敏先生是校长，不教书。在北园高中，他是教员，讲授伦理学，仍然兼任正谊校长。他仍然穿着一身布衣，朴素庄重。他仍然是不苟言笑。但是，根据我的观察，所有的教员对他都十分尊敬。从辈分上来讲，他是山东教育界的元老。其他教员都可能是他的学生一辈。作为讲课的教员，鞠先生可能不是最优秀的。他没有自己的讲义，使用的课本是蔡元培的《中国伦理学史》，他只是加以阐发。讲话的声调，同在正谊每周一训话时一模一样，不像是悬河泄水，滔滔不绝，没有什么抑扬顿挫。但是我们都听得清，听得进。我们当时年龄虽小，但是信息还是灵通的。每一位教员是什么样子，有什么德行，我们还是一清二楚的。鞠先生的过去，以及他在山东教育界的地位，我们心中都有数。所以学生们都对他表示出极高的敬意。

在山东中学教育界，祁蕴璞先生是鼎鼎大名的人物。我原以为他是著名的一中的教员，讲授历史和地理。后来才知道，他本名锡，是益都满族人，史地学者。他是清末秀才，又精通英语和日语，在济南第一师范教史地，后又在山东大学文学院当教授，教经史方面的课程，同时兼山大附中史地教师。在历史和地理的教学中，他是状元，无人能出其右者。

在课堂上，祁老师不是一个口才很好的人，说话还有点儿磕巴。他的讲义每年都根据世界形势的变化和考古发掘的最新结果以及学术界的最新学说加以补充修改。所以他教给学生的知识都是最新的知识。这种做法，不但在中学绝无仅有，即使在大学中也十分少见。原因就是祁老师精通日文。自从明治维新以后，日本最积极地、最热情地、最及时地吸收欧美的新知识，而祁先生则订有多种日文杂志，还随时购买日本新书。有时候他把新书拿到课堂上给我们看。他怕沾有粉笔末的手弄脏了新书，战战兢兢地用袖子托着书。这种细微的动作并没能逃过我的眼睛。可以看到他对书籍是怎样地爱护。他读新书是为了教好学生，没有今天学术界这种浮躁的学风。同今天比起来，那时候的人实在是淳朴到可爱的程度了。据说他出版的著作相当多，主要的就有《中国文化史纲要》和《国际概况讲义》。因其对地理学研究的贡献，被英国皇家地理协会授予名誉会员。他于1939年病逝于重庆，所藏书由其夫人捐赠给山东省图书馆。

上面曾说到，祁先生不是一个口才很好的人，还有点儿磕巴。他讲课时，声调高扬，语音铿锵，但为了避免磕巴，他自己发明了一个办法，不时垫上三个音——shi in la，有音无字，不知道应该怎样写。乍听时，确实觉得有点儿怪，但听惯了，只需在我们耳朵中把这三个音删掉，就一切正常了。

祁老师教的是历史和地理。他关心国家大事，关心世界大事。眼前的世界形势随时变动，没有法子在正课中讲。于是他另在课外举办世界新形势讲座，学生中愿意听者可以自由去听，不算正课，不考试，没有分数。先生讲演，只有提纲，没有写成文章。讲演时指定两个被认为文笔比较好的学生做记录，然后整理成文，交先生改正后，再油印成讲义，发给全体学生。我是被指定的两个学生之一。当时不记得有什么报纸，反正在北园两年，没看过报。国内大事都极模糊，何况世界大事！祁老师的讲演开阔了我们的视野，增加了我们的知识，对我们的学习有极大的帮助。

1928年，日寇占领了济南，学校停办。从那以后，再没有见过祁蕴璞老师。但是他却永远活在我的记忆中，一直到现在。

王老师（王玉）是国文教员，山东莱阳人。他父亲是当地有名的文士，也写古文。所以王先生有家学渊源，从小受过良好的教育，特别是古文写作方面更为突出。他为文遵桐城派义法，结构严谨，惜墨如金，逻辑性很强。我不研究中国文学史，但有一些胡思乱想的看法。我认为，桐城派古文同八股文有紧密的联系。其区别只在于，八股文必须代圣人立言，《四书》以朱子注为标准，不容改变。桐城派古文，虽然也是"文以载道"，但允许抒发个人感情。二者的差别，实在是微乎其微。王老师有自己的文集，都是自己手抄的，从来没有出版过，也根本没有出版的可能。他曾把文集拿给我看过。几十年的写作，只有薄薄一小本。现在这文集不知到哪里去了，惜哉！

老师上课，课本就使用现成的《古文观止》。不是每篇都讲，而是由他自己挑选出来若干篇，加以讲解。文中的典故，当然在必讲之列，而重点则在文章义法。他讲的义法，正如我在上面讲到的那样，基本是桐城派，虽然他自己从来没有这样说过。《古文观止》里的文章是按年代顺序排列的。不知道为什么，王老师选讲的第一篇文章是比较晚的明代袁中郎的《徐文长传》。讲完后出了一个作文题目——《读〈徐文长传〉书后》。我从小学起作文都用文言，到了高中仍然未变。我仿佛驾轻就熟般地写了一篇"书后"，自觉并没有什么了不起，不意竟获得了王老师的青睐，定为全班压卷之作，评语是"亦简劲，亦畅达"。我当然很高兴。我不是一个没有虚荣心的人，老师这一捧，我就来了劲儿。于是就拿来韩、柳、欧、苏的文集，认真读过一阵儿。实际上，全班国文最好的是一个叫韩云鹄的同学，可惜他别的课程成绩不好，考试总居下游。王老师有一个习惯，每次把学生的作文簿批改完后，总在课堂上占用一些时间，亲手发给每一个同学。排列是有顺序的，把不好的排在最上面，依次而下，把最好的放在最后。作文后面都有批语，但有时候他还会当面说上几句。我的作文和韩云鹄的作文总是排在最后一二名，最后一名当然就算是状元，韩云鹄当状元的时候比我多，但是一二名总是被我们俩垄断，几乎从来没有过例外。

我在上面已经谈到过，北园的风光是非常美丽的。每到春秋佳日，风光更为旖旎。最难忘记的是夏末初秋时分。炎夏初过，金秋降临，和风微凉，冷暖宜人。每天晚上，夜课以后，同学们大都走出校门，到门前荷塘边上去散步，消除一整天学习的疲乏。于时，月明星稀，柳影在地，草色凄迷，荷香四溢。如果我是一个诗人的话，定会写诗百篇。可惜我从来就不是什么诗人，只空怀满腹诗意而已。王玉老师大概也是常在这样的时候出来散步的。他抓住这个机会，出了一个作文题目——《夜课后闲步校前溪观捕蟹记》。我生平最讨厌写说理的文章，对哲学家们那一套自认为是极为机智的分析，我十分头痛。除非有文采，像庄子、孟子等，其他我都看不下去。我喜欢写的是抒情或写景的散文，有时候还能情景交融，颇有点沾沾自喜。王老师这个作文题目正合吾意，因此写起来很顺畅，很惬意。我的作文又一次成为全班压卷之作。

自从北园高中解散以后,再没有见到过王玉老师。后来听说,他到山东大学(当时还在青岛)中文系教书,只给了一个讲师的头衔。我心中愤愤不平。像王老师那样的学问和人品,比某一些教授要高得多,现在有什么人真懂而且又能欣赏桐城派的古文呢?如果是在今天的话,他早已成了什么特级教师,并会有许多论文发表,还结成了许多集子。他的大名会出现在什么《剑桥名人录》上,还有花钱买来的《名人录》上,堂而皇之地印在名片上,成为"名人"。然而这种事情他决不干。王老师郁郁不得志,也在情理之中,但是,在我的心中,王老师的形象却始终是高大的,学问是非常好的,是一个真正的读书人,王老师将永远活在我的心中。

完颜这个姓,在中国是非常少见的,大概是"胡人"之后。其实我们每个人,在长期民族融合之后,差不多都有"胡"血。完颜祥卿先生是一中的校长,被聘到山大高中来教伦理学,也就是逻辑学。这不是一门重要的课,学生也都不十分注意和重视。因此我对完颜祥卿先生没有多少可以叙述的材料。但是,有一件事我必须讲一讲。完颜先生讲的当然是旧式的形式逻辑。考入清华大学以后,学校规定,文科学生必须选一门理科的课,逻辑可以代替。于是只有四五个教授的哲学系要派出三个教授讲逻辑,其中最受欢迎的是金岳霖先生,我也选了他的课。我原以为自己在高中已经学过逻辑,现在是驾轻就熟。焉知金先生讲的不是形式逻辑。是不是接近数理逻辑，我至今仍搞不清楚，反正是同完颜先生讲的大异其趣。最初我还没有完全感觉到，及至答题碰了几个钉子，我才幡然悔悟，改弦更张，才达到了"预流"的水平。

王老师，教数学，名字忘记了，好像当时就不清楚。他是一中的教员，到高中来兼课。在山东中学界，他大名鼎鼎，威信很高。原因只能有一个，就是他教得好。在北园高中，他教的不外三角、小代数和平面几何之类。他讲解得十分清楚，学生不需用多大劲儿，就都能听懂。但是，文科学生对数学是不会重视的，大都是敷衍了事。后来考大学，却吃了大亏。出的题目比我们在高中学的要深得多。理科高中的毕业生比我们这些文科高中的毕业生在分数方面沾了大光。

刘老师，教英文，名字也忘记了。他是北大英文系毕业的，英文非常好，也是一中的教员。因为他的个子相当矮，学生就给他起了一个外号，叫作"×豆"，是非常低级，非常肮脏的。但是，这些十七八岁的大孩子毫无污辱之意，我们对刘老师还是非常敬重的。由于我有尚实英文学社的底子，在班上英文是绝对的状元，连跟我分数比较接近的人都没有。刘老师有一个习惯，每当学生在课堂上提出问题，他自己先不答复，而是指定学生答复。指定的顺序是按照英文的水平的高低。关于这个问题他心里似乎有一本账。他指定比问问题者略高的来答复。如果答复不了，他再依次而上指定学生答复。往往最后是指定我，这算是到了头。一般我都能够答复，但也有露怯的时候。有一次，一个同学站起来问

"not at all"是什么意思。这本来不能算是一个严重的问题,但是,我却一时糊涂,没有解释对,最后刘老师只好自己解答。

尤桐先生,教英文。听口音是南方人。我不记得他教过我们班。但是,我们都很敬重他。1928年,日寇占领了济南,高中停办。教师和学生都风流云散。我们听说,尤先生还留在学校,原因不清楚。有一天,我就同我的表兄孙襄城,不远十里,来到白鹤庄看望尤老师。昔日喧腾热闹的大院子里静悄悄的,好像只有尤老师和一个工友。我感觉非常凄凉,心里不是滋味。我们陪尤老师谈了很久。离开以后,再没有见过面,也不知道他的下落。

"大清国"先生,教经学的老师。天底下没有"大清国"这样的姓名,一看就知道是一个诨名。来源是他经常爱说这几个字,学生们就以其人之道还治其人之身,干脆就叫他"大清国",结果是,不但他的名字我们不知道,连他的姓我也忘了。他年纪已经很大,超过六十了吧。在前清好像得到过什么功名,最大是个秀才。他在课堂上讲话,张口就是"你们民国,我们大清国,怎样怎样"。"大清国"这个诨名就是这样来的。他经书的确读得很多,五经、四书,本文加注疏,都能背诵如流。据说还能倒背。我真不知道,倒背是怎样一个背法?究竟有什么意义?所谓"倒背",大家可能不理解是什么玩意儿。我举一个例子。《论语》:"子曰:学而时习之。"倒背就是"之习时而学"。这不是毫无意义的瞎胡闹吗?他以此来表示自己的学问大。他对经书确实很熟。

上课从来不带课本，《诗》《书》《易》《礼》他都给我们讲过一点儿，完全按照注疏讲，谁是谁非，我们十几岁的孩子也完全懵然。但是，在当时当局大力提倡读经的情况下，经学是一门重要课程。

附带说一句，当时教经学的还有一位老师，是前清翰林，年纪已经八十多，由他的孙子讲注。因为没有教过我们，情况不了解。

王老师，教诸子的老师，名字忘记了。北大毕业，戴一副深度的近视眼镜。书读得很多，也有学问。他曾写了篇长文——《孔子的仁学》，把《论语》中讲到"仁"的地方全部搜集起来，加以综合分析，然后得出结论。此文曾写成讲义，印发给学生们。我的叔父读了以后，大为赞赏。可能是写得很不错的。但是此文未见发表。王老师大概是不谙文坛登龙术，不会吹拍，所以没有能获得什么名声，只浮沉于中学教师中。从那以后，我再也没得到他的消息。

我们的校舍很大，据说原来是一所什么医学专科学校。现在用作高中的校舍，是很适当的。

从城里走来，一走进白鹤庄，如果是在春、夏、秋三季，碧柳撑天，绿溪潺湲，如入画图中，向左一拐，是一大片空地，然后是坐北朝南的大门。进门向左拐是一个大院子，左边是一排南房，第一间房子里住的是监学。其余的房子里住着几位教员。靠西墙是一间大教室，一年级三班就在那里上课。向北走，走过一个通道，两边是两间大教室，右手的一间是一班，也就是我所在的班。左手是二班。走出通道是一个院子。靠东边是四班的教室。中间有几棵参天的大树，后面有几间房子，"大清国"、王玉和那位翰林住在里面。再向左拐是一个跨院，有几间房子。再往北走，迎面是一间大教室，曾经做过学生宿舍，住着20多人。向东走，是一间教室，二年级的唯一的一个班在这里上课。再向东走，走过几间房子，有一个旁门，走出去是学生食堂，这已经属于校外了。回头向西走，经过住学生的大教室，有一个旁门，出去有八排平房，这是真正的学生宿舍。校舍的情况，大体上就是这个样子。应该说，里面的空间是相当大的，住着二三百学生而毫无拥挤之感。

现在回想起来，学校的管理是非常奇特的。应该有而且好像也真有一个校长，但是从来没有露过面，至于姓什么叫什么，统统忘掉了。学生们平常接触的学校领导人是一位监学。这个官衔过去没有碰到过，不知道是几品几级，也不知道他应该管什么事。当时的监学姓刘，名字忘记了。这个人人品极次，人缘不好，因为几乎全秃了顶，学生们赠以诨名"刘秃蛋"，竟以此名行。他经常住在学校中，好像什么事情都管。按理说，他应该是专管学生的操行和纪律的，教学应该由教务长管。可是这位监学也常到课堂上去听课。老师正在讲课，他站在讲台下面，环视全室，面露奸笑，感觉极为良好。大有天上天下，唯我独尊之势。没有一个学生喜欢他，他对此毫无感受。我现在深挖我的记忆，挖得再深，也挖不出一个"刘秃蛋"到学生宿舍或学生食堂的镜头。现在回想起来,这简直是不可思议的事情。足见他对学生的生活毫无兴趣,而对课堂上的事情却极端注意。每一个班的班长都由他指定。我因为学习成绩好,在两年四个学期中,我始终被他指定为班长。他之所以这样做,是"司马昭之心路人皆知",无非是想拉拢我,做他的心腹,向他打小报告,报告学生行动的动向。但是,我鄙其为人,这样的小报告,一次也没有打过,在校两年中,仅有一次学生"闹事"的事件,是三班学生想"架"(当时的学生话,意思是"赶走")一位英文教员。"刘秃蛋"想方设法动员我们几个学生支持他。我终于也没有上他的圈套。

我无论怎么想,也想不起学校有一间办公室,有什么教务员、会计、出纳之类的小职员。对一所有几百人的学校来说,这应该是不能缺的。学校是公立,不收学费,所以没有同会计打过交道。但是,其他行政和教学事务应该还是有的,可我无论如何也回忆不起来了。

至于学生生活,最重要的无非是两项:住和吃。住的问题,上面已经谈到,都住宿舍中,除了比较拥挤之外,没有别的问题。吃是吃食堂,当时叫作"饭堂"。学校根本不管,由学生自己同承包商打交道。学生当然不能每人都管,由他们每月选出一名伙食委员,管理食堂。这是很复杂很麻烦的工作,谁也不愿意干。被选上了,只好干上一个月。但是,行行出状元。二年级有一个同学,名叫徐春藻,他对此既有兴趣，也有天才，他每夜起来巡视厨房，看看有没有厨子偷肉偷粮的事件。有一次还真让他抓到了。承包人把肉藏在酱油桶里，准备偷运出去，被他抓住，罚了款。从此伙食质量大有提高，经常能吃到肉和黄花鱼。徐春藻连选连任，他乐此不疲，一时成了风流人物。

在北园高中的生活和学习

上面谈到的学生生活，我都有份儿，这里用不着再来重复。但是，我也有独特的地方，我喜欢自然风光，特别是早晨和夜晚。早晨，在吃过早饭以后上课之前，在春秋佳日，我常一个人到校舍南面和西面的小溪旁去散步，看小溪中碧水潺潺，绿藻飘动，顾而乐之，往往看上很久。到了秋天，夜课以后，我往往一个人走出校门，在小溪边上徘徊流连。上面我曾提到王玉老师出的作文题——《夜课后闲步校前溪观捕蟹记》，讲的就是这个情景。我最喜欢看的就是捕蟹。附近的农民每晚来到这里，用苇箔插在溪中，小溪很窄，用不了多少苇箔，水能通过苇箔流动，但是鱼蟹则是过不去的。农民点一盏煤油灯，放在岸边。我在前文中，曾说到蛤蟆和虾是动物中的笨伯。现在我要说，螃蟹绝不比它们更聪明。在夜里，只要看见一点儿亮，就从芦苇丛中爬出来，奋力爬去，爬到灯边，农民一伸手就把它捉住，放在水桶里，等待上蒸笼。间或也有大鱼游来，被苇箔挡住，游不过去，又不知回头，只在箔前跳动。这时候农民就不能像捉螃蟹那样，一举手，一投足，就能捉到一只，必须动真格的了。只见他站起身来，举起带网的长竿，鱼越大，劲儿越大，它不会束"手"待捉，奋起抵抗，往往斗争很久，才能把它捉住。这是我最爱看的一幕。我往往蹲在小溪边上，直到夜深。

在学习方面，我开始买英文书读。我经济大概是好了一点儿，不像上正谊时那么窘。我节衣缩食，每年大约能省出两三块大洋。我就用这钱去买英文书。买英文书，只有一个地方，就是日本东京的丸善书店。办法很简便，只需写一张明信片，写上书名，再加上三个英文字母"COD"（Cash on Delivery），日文叫作"代金引换"，意思就是：书到了以后，拿着钱到邮局去取书。我记得，在两年之内，我只买过两三次书，其中至少有一次买的是英国作家吉卜林（Kipling）的短篇小说集。不知道为什么我当时竟迷上了吉卜林（Kipling）。后来学了西洋文学，才知道，他在英国文学史上是一个上不得大台盘的作家。我还试着翻译过他的小说，只译了一半，稿子早就不知道丢到哪里去了。反正我每次接到丸善书店的回信，就像过年一般欢喜。我立即约上一个比较要好的同学，午饭后，立刻出发，沿着胶济铁路，步行走向颇远的商埠，到邮政总局去取书，当然不会忘记带上两三元大洋。走在铁路上的时候如果适逢有火车开过，我们就把一枚铜元放在铁轨上，火车一过，拿来一看，已经轧成了扁的，这个铜元当然就作废了，这完全是损己而不利人的恶作剧。要知道，当时我们才十五六岁，正是顽皮的时候，不足深责的。有一次，我特别惊喜。我们在走上铁路之前，走在一块荷塘边上。此时塘里什么都没有，荷叶、苇子和稻子都没有。一片清水像明镜一般展现在眼前，"天光云影共徘徊"，风光极为秀丽。我忽然见（不是看）到离这二三十里路的千佛山的倒影清晰地印在水中，我大为惊喜。记得刘鹗《老残游记》中曾写到在大明湖看到千佛山的倒影。有人认为荒唐，相距二十多里，怎能在大明湖中看到倒影呢？我也迟疑不决。今天竟于无意中看到了，证明刘鹗观察得细致和准确，我怎能不狂喜呢？

从邮政总局取出了丸善书店寄来的书以后，虽然不过是薄薄的一本，然而内心却似乎增添了极大的力量，一种语言文字无法传达的幸福之感油然溢满心中。在走回学校的路上，虽然已经步行了二十多里路，却一点儿也没感到疲倦，同来时比较起来，仿佛感到天空更蓝，白云更白，绿水更绿，草色更青，荷花更红，荷叶更圆，蝉声更响亮，鸟鸣更悦耳，连刚才看过的千佛山倒影也显得更清晰，脚下的黄土也都变成了绿茵，踏上去软绵绵的，走路一点儿也不吃力。这是我第一次用自己省下来的钱买自己心爱的英文书的感觉，七十多年以后的今天，一回忆起来仍仿佛就在眼前。这种好买书的习惯一直伴随着我，至今丝毫没有减退。

北园高中对我一生的影响，还不仅仅是培养购书的兴趣一项，还有更重要的影响。这种影响是关键性的，夸大一点儿说是一种质变。

我在许多文章中都写到过，我幼无大志。小学毕业后，我连报考著名中学的勇气都没有，可见我懦弱、自卑到什么程度，在回忆新育小学和正谊中学的文章中，特别是在第二篇中，我曾写道，当时表面上看起来很忙，但是我并不喜欢念书，只是贪玩。考试时虽然成绩颇佳，距离全班状元的道路十分近，可我从来没有产生过当状元的野心，对那玩意儿一点儿兴趣都没有。钓虾、捉蛤蟆对我的引诱力更大。至于什么学者，我更不沾边儿。我根本不知道天壤间还有学者这一类人物。自己这一辈子究竟想干什么，也从来没有想过，朦朦胧胧地似乎觉得，自己反正是一个上不得台盘的人，一辈子能混上一个小职员当当，也就心满意足了。我常想，自己是有自知之明的，但是自知得过了头，变成了自卑。家里的经济情况始终不算好，叔父对我大概也并不望子成龙了。婶母则是希望我尽早能挣钱。

但是，人的想法是能改变的，有时甚至是一百八十度的改变。我在北园高中就经历了这样的改变，这一次改变，不是由于我参禅打坐顿悟而来的，也不是由于天外飞来的什么神力，而完全是由于一件非常偶然的事件。

北园高中是附设在山东大学之下的，当时山大校长是山东教育厅厅长王寿彭，是前清倒数第二位或第三位状元，是有名的书法家，提倡尊孔读经。我在上面曾介绍过高中的教员，教经学的教员就有两位，可见对读经的重视，我想这与状元公不无关联，这时的山东督军是东北军的张宗昌，绿林出身，绰号"狗肉将军"，不知道自己有多少兵，不知道自己有多少钱，不知道自己有多少姨太太，以这"三不知"蜚声全国。他虽一字不识，也想附庸风雅，有一次竟在山东大学校本部举行祭孔大典，状元公当然必须陪同。督军和校长一律长袍马褂，威仪俨然，我们附中学生十五六岁的大孩子也奉命参加，大概想对我们进行尊孔的教育吧。可惜对我们这群不识抬举的顽童来说，无疑是对牛弹琴。我们感兴趣的不是三跪九叩，而是院子里的金线泉。我们围在泉旁，看一条金线从泉底袅袅地向上飘动，觉得十分可爱，久久不想离去。

在一年级第二学期考试完毕以后，状元公忽然要表彰学生了。大学的情况我不清楚，恐怕同高中差不多。高中表彰的标准是每一班的甲等第一名，平均分数达到或超过95分者，可以受到表彰。表彰的办法是得到状元公亲书的一个扇面和一副对联。王寿彭的书法本来就极有名，再加上状元这一个吓人的光环，因此他的墨宝就极具有经济价值和荣誉意义，很不容易得到的。高中共有六个班，当然就有六个甲等第一名；但他们的平均分数都没有达到95分。只有我这个甲等第一名平均分数是97分，超过了标准，因此，我就成了全校中唯一获得状元公墨宝的人，这当然算是极高的荣誉。不知是何方神灵呵护，经过了七十多年，经过了不知道多少时局动荡，这一个扇面竟然保留了下来，一直保留到今天。扇面的全文是：

净几单床月上初,主人对客似僧庐。

春来预做看花约,贫去宜求种树书。

隔卷旧游成结托,十年豪气早消除。

依然不坠风流处,五亩园开手剪蔬。

录樊榭山房诗　丁卯夏五

羡林老弟正　王寿彭

至于那一副对联,似尚存在于天壤间,但踪迹虽有,尚未到手。大概当年家中绝粮时,婶母取出来送给了名闻全国的大财主山东章丘旧津孟家,换了面粉一袋。孟家是婶母的亲戚。这个踪迹是我的学生加友人山大蔡德贵教授告诉我的,我非常感激他。但是,从寄来的对联照片来看,字迹不类王寿彭,而且没有"羡林老弟"这几个字,因此,我有点儿怀疑。我已经发出了"再探"的请求。将来究竟如何,只有"且看下回分解"了。

王状元这一个扇面和一副对联对我的影响万分巨大,这看似出乎意料,实际上却在意料之中,虚荣心恐怕人人都有一点儿的,我自问自己的虚荣心不比任何人小。我屡次讲到,我幼无大志,讲到自卑,这其实就是有虚荣心的一种表现。如果一点儿虚荣心都没有,哪里还会有什么自卑呢?

这里面有三层意思。第一层,97分这个平均分数给了我许多启发和暗示。我在上面已经说到过,分数与分数之间是不相同的,像历史、地理等课程,只要不是懒虫或者笨伯,考试前,临时抱一下佛脚,硬背一通,得个高分并不难。但是,像国文和英文这样的课程,必须有长期的积累和勤奋,还必须有一定的天资,才能有所成就,得到高分。如果没有基础,临时无论怎样努力,也是无济于事的。我大概是在这方面有比较坚实的基础,非其他五个甲等第一名可比。他们的国文和英文也绝不会太差,否则就考不到第一名。但是,同我相比,恐怕要稍逊一筹。每念及此,心中未免有点儿沾沾自喜,觉得过去的自卑实在有点儿莫名其妙,甚至有点儿可笑了。

第二层意思是,这样的荣誉过去从未得到过,它是来之不易的。现在于无意中得之,就不能让它再丢掉,如果下一学期我考不到甲等第一,我这一张脸往哪里搁呀!这是最原始、最简单的虚荣心,然而就是这一点儿虚荣心,促使我在学习上改弦更张,要认真埋头读书了。就在不到一年前的正谊中学时期,虾和蛤蟆对我的引诱力远远超过书本。眼前的北园,荷塘纵横,并不缺少虾和蛤蟆,然而我却视而不见了。俗话说:"浪子回头金不换。"我现在成了回头的浪子,是勤奋用功的好学生了。

第三层意思是,我原来的想法是,中学毕业后,当上一个小职员,抢到一只"饭碗",浑浑噩噩地、甚至窝窝囊囊地过上一辈子算了。我只是一条小蛇,从来没有幻想成为一条大龙。这一次表彰却改变了我的想法:自己即使不是一条大龙，也绝不是一条平庸的小蛇。最明显的例证是几年以后我到北京来报考大学的情况。当时北京的大学五花八门，鱼龙混杂，有的从几十个报考者中选一人，而有的则是来者不拒，因为多一个学生就多一份学费。从山东来的几十名学员大都报考六七个大学，我则信心十足地只报考了北大和清华。这同小学毕业时不敢报考一中，形成了鲜明的对比。好像我变了一个人。

以上三层意思说明了我从自卑到自信，从不认真读书到勤奋学习，一个关键就是虚荣心。是虚荣心作祟，还是虚荣心作福呢？我认为是后者。虚荣心是不应当一概贬低的。王状元表彰学生可能完全是出于偶然性。他万万不会想到，一个被他称为"老弟"的十五岁的大孩子，竟由于这个偶然事件而改变为另一个人。我永远不会忘记王寿彭老先生。

北园高中可回忆的东西还有一些，但是最重要的、印象最深的上面都已经写到了。因此，我的回忆就写到这里为止。

在北园白鹤庄的两年，我十五岁到十六岁，正是英国人称之"teens"的年龄，也就是人生最美好的年龄。我的少年时代，因为不在母亲身边，并不能说是幸福的，但是，我在白鹤庄，却只能说是幸福的。只是"白鹤庄"这个名字，就能引起人们许多美丽的幻想。古人诗"西塞山前白鹭飞"，多么美妙绝伦的情境。我不记得在白鹤庄曾见到白鹭，但是，从整个北园的景色来看，有白鹭飞来是必然会发生的。离开北园后，我再没有回去过。可是我每每回想到北园，想到我的"teens",每一次想到,心头总会油然漾起一股无比温馨、无比幸福的感情,这感情将会伴我终生。

在济南高中

1928年,日寇占领了济南,我被迫停学一年。

1929年,日军撤走,国民党的军队进城。

北园高中撤销,成立了全山东省唯一的一个高中——山东省立济南高中,全省各县的初中毕业生,想要上进的,必须到这里来,这里是通向大学(主要是北京的)的唯一桥梁。

山东省立济南高中,坐落在济南西城杆石桥马路上,在路北的一所极大的院落内。原来这里是一个什么衙门,这问题当时我就不清楚,对它没有什么兴趣。校门前有一个斜坡,要先走一段坡路,然后才能进入大门。大门洞的左侧有一个很大的传达室。进了大门,是一个极大的院子,东西两侧都有许多房子。东边的一间是教员游艺室,里面摆着乒乓球台。从院子西侧再向前走,上几个台阶,就是另一个不大的院子。南侧有房子一排。北侧高台阶上有房子一排,是单身教员住的地方。1934年至1935年,我回母校任国文教员时,曾在其中的一间中住过一年。房子前,台阶下,种着一排木槿花。春天开花时,花光照亮了整个院子。院子西头,有一个大圆门,进门是一座大花园。现在虽已破旧,但树木依然蓊郁,绿满全园。有一个大荷塘,现已干涸。当年全盛时,必然是波光潋滟,荷香四溢。现在学生仍然喜欢到里面去游玩。从这个不大的院子登上台阶向北走，有一个门洞，门洞右侧有一间大房子，曾经是学生宿舍，我曾在里面住过一段时间。出了这个门洞，豁然开朗，全校规模，顿现眼前。到这里来，上面讲的那一个门洞不是唯一的路。进校门直接向前走，走上台阶，是几间极高大的北屋，校长办公室、教务主任办公室、教务处、训导处、庶务处等都在这里。从这里向西走，下了台阶，就是全校规模最大的院子，许多间大教室和学生宿舍都在这里。学生宿舍靠西边，是许多排平房。宿舍的外面是一条上面盖有屋顶的极宽极长的走廊，右面是一大排教室。沿走廊向北走，走到尽头，右面就是山东省立一中。原来这一座极大的房子是为济南省立高中和一中（只有初中）所占用。有几座大楼，两校平分。

有一个颇怪的现象，先提出来说一说。在时间顺序中，济南高中是在最后，也就是说，离现在最近，应该回忆得最清晰。可是，事实上，至少对教职员的回忆，却最模糊。其中道理，我至今不解。

高中初创办时，校长姓彭，是南方人，美国留学生，名字忘记了。不久就调山东省教育厅任科长。在现在的衙门里，科长是一个小萝卜头儿，但在当时的教育厅中却是一个大官，因为没有处长，科长直通厅长。接任的是张默生，山东人，大学国文系毕业，曾写过一本书《王大牛传》，传主是原第一师范校长王世栋（祝晨），上面已经提到过。"王大牛"是一个绰号，表示他的形象，又表示他的脾气倔强。他自己非常欣赏，所以采用作书名，不表示轻蔑，而表示尊敬。我不记得张校长是否也教书。

教务主任是蒋程九先生，山东人，法国留学生，教物理或化学，记不清楚了。我们是高中文科，没有上过他的课。

有一位李清泉先生，法国留学生，教物理，我没有上过他的课。

我记得最详细最清楚的是教国文的老师。总共有四位，一律是上海滩上的作家。当时流行的想法是，只要是作家，就必然能教国文。因此，我觉得，当时对国文这一学科的目的和作用，是并不清楚的。只要能写出好文章，目的就算是达到了。北园高中也有同样的情况，唯一的区别只在于，那里的教员是桐城派的古文作家，学生作文是用文言文。国民党一进城，就仿佛是换了一个世界，文言文变为白话文。

我们班第一个国文教员是胡也频先生，从上海来的作家，年纪很轻，个子不高，但浑身充满了活力。上课时不记得他选过什么课文。他经常是在黑板上写上几个大字："现代文艺的使命。"所谓现代文艺，也叫普罗文学，就是无产阶级文学。其使命就是无产阶级革命。市场上流行着几本普罗文学理论的译文，作者叫弗理契，大概是苏联人，原文为俄文，由日译本转译为汉文，佶屈聱牙，难以看懂。原因大概是日本人本来就是没有完全看懂俄文，再由日文转译为汉文，当然就驴唇不对马嘴，被人称为天书了。估计胡老师在课堂上讲的普罗文学的理论，也不出这几本书。我相信，没有一个学生能听懂的。但这并没有减低我们的热情，我们知道的第一个是革命，第二个是革命，第三个仍然是革命，这就足够了。胡老师把他的夫人丁玲从上海接到济南暂住。丁玲当时正在走红，红得发紫。中学生大都是追星族。见到了丁玲，我们兴奋得难以形容了。但是，国民党当局焉能容忍有人在自己鼻子底下革命，于是下令通缉胡也频。胡老师逃到了上海去，一年多以后，就给国民党杀害了。

接替胡先生的是董秋芳先生。董先生，笔名冬芬，北大英文系毕业，译有《争自由的波浪》一书，鲁迅先生作序。他写给鲁迅的一封长信，现保存于《鲁迅全集》中。董老师的教学风格同胡老师完全不同。他不讲什么现代文艺，不讲什么革命，而是老老实实地教书。他选用了日本厨川白村著、鲁迅译的《苦闷的象征》作教材，仔细分析讲授。作文不出题目，而是在黑板上大写四个字"随便写来"。意思就是，你愿意写什么就写什么。有一次，我竟用这四个字为题目写了一篇作文。董老师也没有提出什么意见。

高中国文教员，除了董秋芳先生之外，还有几位。一位是董每戡先生，一位是夏莱蒂，都是从上海来的小有名气的作家。他们的作品，我并没有读过。董每戡在济南一家报纸上办过一个文学副刊。二十多年以后，我在一张报纸上看到了他的消息，他在广州的某一所大学里当了教授。

除了上述几位教员以外，我一个教员的名字都回忆不起来了。按高中的规模至少应该有几十位教员的。起码教英文的教员应该有四五位的，我们这一班也必然有英文教员，这同我的关系极为密切，因为就英文水平来说，我在全校学生中是佼佼者，可是我现在无论怎样向记忆里去挖掘，却是连教我们英文的教员都想不起来了。我觉得，这真是一件怪事。

荣誉感继续作美

我在上面回忆北园高中时，曾用过"虚荣心"这个词儿。到现在时间过了不久，我却觉得使用这个词儿，是不准确的，应改为"荣誉感"。

懂汉语的人，只从语感上就能体会出这两个词儿的不同。所谓"虚荣心"是指羡慕高官厚禄，大名盛誉，男人梦想"红袖添香夜读书"，女人梦想白马王子，最后踞坐在万人之上，众人则局蹐自己脚下。走正路达不到，则走歪路，甚至弄虚作假，吹拍并举。这就是虚荣心的表现，害己又害人，没有一点儿好处。荣誉感则另是一码事。一个人在某一方面做出了成绩，有关人士予以表彰，给以荣誉。这种荣誉不是苦求得来的，完全是水到渠成。这同虚荣心有质的不同。我在北园高中受到王状元的表彰，应该属于这一个范畴，使用"虚荣心"这一个词儿，是不恰当的。虚荣心只能作祟，荣誉感才能作美。

我到了杆石桥高中，荣誉感继续作美。念了一年书，考了两个甲等第一。

要革命

我在上面已经说到,我在济南高中有两个国文老师。第一个是胡也频先生。他在高中待的时间极短,大概在1929年秋天开学后只教了几个月。我从他那里没有学到什么国文的知识,只学到了一件事,就是要革命,无产阶级革命。他在课堂上只讲普罗文学,也就是无产阶级文学,为了给自己披上一件不太刺激人的外衣,称之为现代文艺。现代文艺的理论也不大讲,重点讲的是它的目的或者使命,说白了,就是要革命。胡老师不但在堂上讲,而且在课外还有行动。他召集了几个学生,想组织一个现代文艺研究会,公然在宿舍外大走廊上摆开桌子,铺上纸,接收会员,引起了极大的轰动,一时聚观者数百人。他还曾同上海某一个出版社联系,准备出版一个刊物,宣传现代文艺。我在组织方面和出版刊物方面都是一个积极分子。我参加了招收会员的工作,并为将要出版的刊物的创刊号写了一篇文章,题目干脆就叫《现代文艺的使命》,内容已经记不清楚,大概不外是革命,革命,革命。也许还有一点儿理论,也不过是从弗理契书中抄来的连自己都不甚了了的"理论"。办刊物的事不幸(对我来说也许是幸)被国民党当局制止,胡老师逃往上海,群龙无首,烟消云散。倘若这个刊物真正出版成功,我的那一篇论文落到敌人手里,无疑是最好的罪证,我被列入黑名单也说不定。我常自嘲这是一场类似"阿Q要革命"的悲喜剧,自己糊里糊涂中就成了"革命家"。同时，我对胡也频先生这样真正的革命家又从心眼儿里佩服。他们视国民党若无物，这种革命的气概真可以惊天地、泣鬼神。从战术上来讲，难免幼稚，但是，在革命的过程中，这也是难以避免的，我甚至想说这是必要的。没有这种气概，强大的敌人是打不倒的。

胡也频先生教的是国文，但是，正如上面所讲的那样，他从来没有认真讲过国文。胡去董来，教学风格大变。董老师认认真真地讲解文艺理论，仔仔细细地修改学生的作文。他为人本分、老实、忠厚、纯诚、不慕荣利、淡泊宁静，在课堂上不说一句闲话，从而受到了学生们的爱戴。至于我自己，从写文言文转到写白话文，按理论，这个转变过程应该带给我极大的困难。然而，实际上，我却一点儿困难都没有。原因并不复杂。从我在一师附小读书起，五四新文化运动的大潮，汹涌澎湃，向全国蔓延。"骆驼说话事件"发生以后，我对阅读五四初期文坛上各大家的文章，极感兴趣。不能想象，我完全能看懂；但是，不管我手里拿的是笤帚或是扫帚，我总能看懂一些的。再加上我在新育小学时看的那些"闲书"，《彭公案》《济公全传》之类，文体用的都是接近白话的。所以我由文言文转向白话文，不但一点儿勉强的意思都没有，而且颇有一点儿水到渠成的感觉。

写到这里，我想写几句题外的话。现在的儿童比我们那时幸福多了，书店里不知道有多少专为少年和儿童编著的读物，什么小人书，什么连环画，什么看图识字，等等，印刷都极精美，插图都极漂亮，同我们当年读的用油光纸石印的《彭公案》一类的"闲书"相比，简直有天渊之别。当年也有带画的"闲书"，叫作绣像什么什么，也只在头几页上印上一些人物像，至于每一页上图下文的书也是有的，但十分稀少。我觉得，今天的少儿读物图画太多，文字过少，这是过低估量了少儿的吸收能力，不利于他们写文章，不利于他们增强读书能力。这些话看上去似属题外，但仔细一想也实在题内。

我觉得，我由写文言文改写白话文而丝毫没有感到什么不顺手，与我看"闲书"多有关。我不能说，每一部这样的"闲书"文章都很漂亮，都是生花妙笔。但是，一般说起来，文章都是文从字顺，相当流利。而且对文章的结构也十分注意，绝不是头上一榔头，屁股上一棒槌。此外，我读中国的古文，觉得几乎每一篇流传几百年、甚至一两千年的文章在结构方面都十分重视。在潜移默化中，在我根本没有意识到的情况下，我无论是写文言文，或是写白话文，都非常注意文章的结构，要层次分明，要有节奏感。对文章的开头与结尾更特别注意。开头如能横空出硬语，自为佳构。但是，貌似平淡也无不可，但要平淡得有意味，让读者读了前几句必须继续读下去。结尾的诀窍是言有尽而意无穷，如食橄榄，余味更美。到了今天，在写了七十多年散文之后，我的这些意见不但没有减退，而且更加坚固，更加清晰。我曾在许多篇文章中主张惨淡经营，反对松松垮垮，反对生造词句。我力劝青年学生,特别是青年作家多读些中国古文和中国过去的小说,如有可能,多读些外国作品,以提高自己的文化修养和审美情趣。我这种对文章结构匀称的追求,特别是对文章节奏感的追求,在我自己还没有完全清楚之前,一语破的点破的是董秋芳老师。在一篇比较长的作文中,董老师在作文簿每一页上端的空白处批上了"一处节奏""又一处节奏"等的批语。他敏锐地发现了我作文中的节奏,使我惊喜若狂。自己还没能意识到的东西,被启蒙老师一语点破,能不狂喜吗?这一件事影响了我一生的写作。我的作文,董老师大概非常欣赏。他在我的一篇作文的后面,写了一段很长的批语,其中有几句话是:"季羡林的作文,同理科一班王联榜的一样,大概是全班之冠,也可以说是全校之冠吧。"这几句话,同王状元的对联和扇面差不多,大大地增强了我的荣誉感。虽然我在高中毕业后在清华学习西洋文学,在德国治印度及中亚古代文学,但文学创作始终未停。我觉得,科学研究与文学创作不但没有矛盾,而且可以互济互补,身心两利。所有这一切都是同董老师的鼓励分不开的,我终生不忘。

毕业旅行筹款晚会

我在济南高中一年,最重大最棘手的事,莫过毕业旅行筹款晚会的经营组织。不知道是谁忽然心血来潮,想在毕业后出去旅行一番。这立即得到了全班同学的热烈响应。但是,旅行是需要钱的,我们大多数的家长是不肯也没有能力出这个钱的。于是我们只有一条路可走：自己筹款。那时候还没有像现在这样多的暴发户、大款，劝募无门。想筹款只能举办文艺晚会，卖票集资。于是全班选出了一个筹委会，主任一人，是比我大四五岁的一位诸城来的学生，他的名字我不说。我也是一个积极分子，在筹委会里担任组织工作。晚会的内容不外是京剧、山东快书、相声、杂耍之类。演员都是我们自己请。我只记得，唱京剧的主要演员是二年级的台镇中同学，剧目是《失·空·斩》。台镇中京剧唱得的确极有味，曾在学校登台演出过，其他节目的演员我就全记不清了。总之，筹备工作进行得顺利而迅速。连入场券都已印好，而且已经送出去了一部分。但是，万事俱备，只欠东风，东风就是校长的批准。张默生校长是一个老实人，活动能力不强，他同教育厅厅长何思源的关系也并不密切，远远比不上他的前任。他实在无法帮助推销这样多的入场券，但他又不肯给学生们泼冷水，实在是进退两难。只好采用拖的办法，能拖一天，就拖一天。后来我们逐渐看出了这个苗头。我们几经讨论，出于对张校长的同情（我简直想说，出于对他的怜悯），我们决定停止这一场紧锣密鼓的闹剧。我们每个人都空做了一场旅行梦。

以上就是我对济南高中的回忆。虽然只有一年，但是能够回忆、能够写出的东西，绝不止上面这一些。可是那些鸡毛蒜皮的小事，写出来了无意义。于是我的回忆就到此为止了。

清华
学子

中国古代许多英雄,根据正史的记载,都颇有一些豪言壮语,什么"大丈夫当如是也",什么"彼可取而代也",又什么"燕雀安知鸿鹄之志哉"。真正掷地作金石声,令我十分敬佩,可我自己不是那种人。

报考邮政局

在我读中学的时候,像我这种从刚能吃饱饭的家庭出身的人,唯一的目的和希望就是——用当时流行的口头语来说——能抢到一只"饭碗"。当时社会上只有三个地方能生产"铁饭碗":一个是邮政局,一个是铁路局,一个是盐务稽核所。这三处地方都掌握在不同国家的帝国主义分子手中。在那半殖民地社会里,"老外"是"上帝"。不管社会多么动荡不安,不管"城头"怎样"变幻大王旗","老外"是谁也不敢碰的。他们生产的"饭碗"是"铁"的,砸不破,摔不碎。只要一碗在手,好好干活儿,不违"洋"命,则终生会有饭吃,无忧无虑,成为羲皇上人。

我的家庭也希望我在高中毕业后能抢到这样一只"铁饭

碗"。我不敢有违严命,高中毕业后曾报考邮政局。若考取,可以当一名邮务生。如果勤勤恳恳,不出娄子,干上十年二十年,也可能熬到一个邮务佐,算是邮局里的一个芝麻绿豆大的小官了。就这样混上一辈子,平平安安,无风无浪。幸乎?不幸乎?我没有考上。大概面试的"老外"看我不像那样一块料,于是我名落孙山了。

考入清华大学

在这样的情况下,我才报考了大学。北大和清华都录取了我。我同当时众多的青年一样,也想出国去学习,目的只在"镀金",并不是想当什么学者。"镀金"之后,容易抢到一只"饭碗",如此而已。在出国方面,我以为清华条件优于北大,所以舍后者而取前者。后来证明,我这一宝算是押中了。这是后事,暂且不提。

清华是当时两大名牌大学之一,前身叫留美预备学堂,是专门培养青年到美国去学习的。留美若干年镀过了金以后,回国后多为大学教授,有的还做了大官。在这些人里面究竟出了多少真正的学者,没有人做过统计,我不敢瞎说。同时并存的清华国学研究院,是一所很奇特的机构,仿佛是西装革履中一袭长袍马褂,非常不协调。然而在这个不起眼的机构里却有名闻宇内的四大导师:梁启超、王国维、陈寅恪、赵元任。另外有一名年轻的讲师李济,后来也成了考古学大师。这个国学研究院,与其说它是一所现代化的学堂,毋宁说它是一所旧日的书院。一切现代化学校必不可少的烦琐的规章制度，在这里似乎都没有。师生直接联系，师了解生，生了解师，真正做到了循循善诱，因材施教。虽然只办了几年，梁、王两位大师一去世，立即解体，然而所创造的业绩却是非同小可。我不确切知道究竟毕业了多少人，估计只有几十个人，但几乎全都成了教授，其中有若干位还成了学术界的著名人物。听史学界的朋友说，中国20世纪30年代后形成了一个学术派别，名叫"吾师派"，大概是由某些人写文章常说的"吾师梁任公""吾师王静安""吾师陈寅恪"等衍变而来的。从这一件小事也可以看到清华国学研究院在学术界影响之大。

吾生也晚，没有能亲逢国学研究院的全盛时期。我于1930年入清华时，留美预备学堂和国学研究院都已不再存在，清华改成了国立清华大学。清华有一个特点：新生投考时用不着填上报考的系名，录取后，再由学生自己决定入哪一个系；读上一阵，觉得不恰当，还可以转系。转系在其他一些大学中极为困难——比如说现在的北京大学，但在当时的清华，却真易如反掌。可是根据我的经验：世上万事万物都具有双重性。没有入系的选择自由，很不舒服；现在有了入系的选择自由，反而更不舒服。为了这个问题，我还真伤了点脑筋。系科盈目，左右掂量，好像都有点儿吸引力，究竟选择哪一个系呢？我一时好像变成了莎翁剧中的哈姆莱特，碰到了"To be or not to be, that is the question."。我是从文科高中毕业的，按理说，文科的系对自己更适宜。然而我却忽然一度异想天开，想入数学系，真是"可笑不自量"。经过长时间的考虑，我决定入西洋文学系（后改名外国语文系）。这一件事也证明我"少无大志"，我并没有明确的志向，想当哪一门学科的专家。

在清华大学西洋文学系

当时的清华大学的西洋文学系，在全国各大学中是响当当的名牌。据说是由于外国教授多，讲课当然都用英文，连中国教授讲课有时也用英文。用英文讲课，这可真不得了呀！只是这一条就能够振聋发聩，于是就名满天下了。我当时未始不在被振发之列，又同我那虚无缥缈的出国梦联系起来，我就当机立断，选了西洋文学系。

从1930年到现在，几十年过去了。所有的当年的老师都已经去世了。最后去世的一位是后来转到北大来的美国的温德先生，去世时已经活过了一百岁。我现在想根据我在清华学习四年的印象，对西洋文学系做一点儿评价，谈一谈我个人的一点儿看法。我想先从古希腊找一张护身符贴到自己身上："吾爱吾师，吾尤爱真理。"有了这一张护身符，我就可以心安理得，能够畅所欲言了。

我想简略地实事求是地对西洋文学系的教授阵容作一点儿分析。我说"实事求是"，至少我认为是实事求是，难免有不同的意见，这就是平常所谓的"仁者见仁，智者见智"

了。我先从系主任王文显教授谈起。他的英文极好,能用英文写剧本,没怎么听他说过中国话。他是莎士比亚研究的专家,有一本用英文写成的有关莎翁研究的讲义,似乎从来没有出版过。他隔年开一次莎士比亚的课,在课堂上念讲义,一句闲话也没有。下课铃一摇,合上讲义走人。多少年来,都是如此。讲义是否随时修改,不得而知。据老学生说,讲义基本上不做改动。他究竟有多大学问,我不敢瞎说。他留给学生最深的印象是他充当冰球裁判时那种脚踏溜冰鞋似乎极不熟练的战战兢兢如履薄冰的神态。

再来介绍温德教授。他是美国人,怎样到清华来的,我不清楚。他教欧洲文艺复兴文学和第三年法语。他终身未娶,死在中国。据说他读的书很多,但没见他写过任何学术文章。学生中流传着有关他的许多逸闻趣事。学生中流传的逸闻之一就是:他身上穿着五百块大洋买来的大衣(当时东交民巷外国裁缝店的玻璃橱窗中摆出一块呢料,大书"仅此一块"。被某一位冤大头买走后,第二天又摆出同样一块,仍然大书"仅此一块"。价钱比平常同样的呢料要贵上五至十倍),腋下夹着十块钱一册的《万人丛书》(*Everyman's Library*)(某一国的老外名叫Vetch,在北京饭店租了一间铺面,专售西书。他把原有的标价剪掉,然后把价钱抬高四五倍卖掉),眼睛上戴着用八十块大洋配好但把镜片装反了的眼镜,徜徉在水木清华的林荫大道上,昂首阔步,醉眼蒙眬。

还有翟孟生教授。他也是美国人,教西洋文学史。听说他原是清华留美预备学堂的理化教员。后来学堂撤销,改为大学,他就留在西洋文学系。他大概是颇为勤奋,确有著作,而且是厚厚的大大的巨册,在商务印书馆出版,书名叫《欧洲文学简史》(*A Survey of European Literature*),读了可以对欧洲文学有一个完整的概念。但是,书中错误颇多,特别是在叙述某一部名作的故事内容中,时有张冠李戴之处。学生们推测,翟老师在写作此书时,手头有一部现成的欧洲文学史,又有一本故事书。讲一段文学发展的历史事实,遇到名著,则查一查故事书,没有时间和可能尽读原作,因此名著内容印象不深,稍一疏忽,便出讹误。不是行家出身,这种情况实在是难以避免的。我们不应苛责翟孟生老师。

吴可读教授。他是英国人,讲授中世纪文学。他既无著作,也不写讲义。上课时他顺口讲,我们顺手记。究竟学到了些什么东西,我早已忘到九霄云外去了。他还讲授当代长篇小说一课。他共选了五部书,其中包括当时才出版不太久但已赫赫有名的《尤利西斯》和《追忆似水年华》。此处还有托马斯·哈代的《还乡》,伍尔芙和劳伦斯各一部。第一部、第二部谁也不敢说完全看懂。我只觉迷离模糊,不知所云。根据现在的研究水平来看,我们的吴老师恐怕也未必能够全部透彻地了解。

毕莲教授。她是美国人。我也不清楚她是怎样到清华来的。听说她在美国教过中小学。她在清华讲授中世纪英语,也是一无著作,二无讲义。她的拿手好戏是能背诵英国大诗人乔叟（Chaucer）的《坎特伯雷故事集》（*The Canterury Tales*）开头的几段。听老同学说，每逢新生上她的课，她就背诵那几段，背得滚瓜烂熟，先给学生一个下马威。以后呢？以后就再也没有什么新花样了。年轻的学生们喜欢品头论足，说些开玩笑的话。我们说，程咬金还能舞上三板斧，我们的毕老师却只能砍上一板斧。

下面介绍两位德国教授。第一位是石坦安，讲授第三年德语。不知道他的专长何在，只是教书非常认真，颇得学生的喜爱。此外我对他便一无所知了。第二位是艾克，字锷风，他算是我的业师。他教我第四年德文，并指导我的学士论文。他在德国拿到过博士学位，主修的好像是艺术史。他精通希腊文和拉丁文，偏爱德国古典派的诗歌，对于其名最初隐而不彰后来却又大彰的诗人荷尔德林（Hölderlin）情有独钟，经常提到他。艾克先生教书并不认真，也不愿费力。有一次我们几个学生请他用德文讲授，不用英文。他便用最快的速度讲了一通，最后问我们："Verstehen Sie etwas davon?"（你们听懂了什么吗？）我们瞠目结舌，敬谨答曰："No!"从此天下太平，再也没有人敢提用德文讲授的事。他学问是有的，曾著有一部厚厚的《宝塔》，是用英文写的，利用了很丰富的资料和图片，专门讲中国的塔。这一部书在国外汉学界颇有一些名气。他的另外一部专著是研究中国明代家具的，附了很多图表，篇幅也相当多。由此可见他的研究兴趣之所在。他工资极高，孤身一人，租赁了当时辅仁大学附近的一座王府，他就住在银安殿上，雇了几个听差和厨师。他收藏了很多中国古代名贵字画，坐拥画城，享受王者之乐。1946年，我回到北京时，他仍在清华任教。此时他已成了家，夫人是一位中国女画家，年龄比他小一半，年轻貌美。他们夫妇请我吃过烤肉。北京一解放，他们就流落到夏威夷。锷风老师久已谢世，他的夫人还健在。

我在上面提到过，我的学士论文是在锷风老师指导下写成的，是用英文写的，题目是 *The Early Poems of Hölderlin*。英文原稿已经遗失，只保留下来了一份中文译文。一看这题目，就能知道是受到了艾先生的影响。现在回忆起来，我当时的德文水平不可能真正看懂荷尔德林的并不容易懂的诗句。当然，要说一点儿都不懂，那也不是事实。反正是半懂半不懂，囫囵吞枣，参考了几部《德国文学史》，写成了这一篇论文，分数是 E（Excellent，优）。我年轻时并不缺少幻想力，这是一篇幻想力加学术探讨写成的论文。本章的题目是《学术研究的发轫阶段》。如果这就算学术研究的话，说它是"发轫"，也未尝不可。但是，这个"轫""发"得并不辉煌，里面并没有什么"天才的火花"。

现在再介绍西洋文学系的老师，先介绍吴宓（字雨僧）教授。他是美国留学生，是美国人文主义大师白璧德的弟子，在国内不遗余力地宣传自己老师的学说。他反对白话文，更反对白话文学。他联合了一些志同道合者，创办了《学衡》杂志，文章一律是文言。他自己也用文言写诗，后来出版了

《吴宓诗集》。在中国文坛上，他属于右倾保守集团，没有什么影响。他给我们讲授两门课：一门是"英国浪漫诗人"，一门是"中西诗之比较"。在美国，他入的是比较文学系；在中国，他是提倡比较文学的先驱者之一。但是，他在这方面的文章却几乎不见。就以我为例，"比较文学"这个概念当时并没有形成。如果真有文章的话，他并不缺少发表的地方。《学衡》和天津《大公报·文学副刊》都掌握在他手中。留给我印象最深的只是他那些连篇累牍的关于白璧德人文主义的论述文章。在"英国浪漫诗人"这一堂课上，我记得最清楚的是他让我们背诵那些浪漫诗人的诗句，有时候要背得很长很长。理论讲授我一点儿也回忆不起来了。在"中西诗之比较"这一堂课上，除了讲点儿西方的诗和中国的古诗之外，关于理论，我的回忆中也是一片空白。反之，最难忘的却是：他把自己一些新写成的旧诗也铅印成讲义，在堂上散发。他那有名的《空轩诗》就是在这种情况下发到我们手中的。雨僧先生生性耿直，古貌古心，却流传着许多"绯闻"。他似乎爱过、追求过不少女士，最著名的一个是毛彦文。他曾有一首诗，开头两句是："吴宓苦爱〇〇〇，三洲人士共惊闻。"隐含在三个〇里面的人名，用押韵的方式呼之欲出。"三洲"指的是亚、欧、美。这虽是诗人的夸大，知道的人确实不少，这却是事实。他的《空轩诗》被学生在小报《清华周刊》上改写为打油诗，给他开了一个不大不小的玩笑。第一首的头两句被译成了"一见亚北貌似花，顺着秋秸往上爬"。"亚北"者，指一个姓欧阳的女生。关于这一件事，我曾在发表在《大公报·文学副刊》上的一篇谈叶公超先生的散文中写到过，这里不再重复。回头仍然讲吴先生的"中西诗之比较"这一门课。为这一门课我曾写过一篇论文，题目忘记了，是师命或者自愿，我也忘记了。内容依稀记得，是把陶渊明同一位英国浪漫诗人相比较，当然不会比出什么东西来的。我在最近几年颇在一些文章和谈话中，对比较文学的"无限可比性"有所指责。X 和 Y，任何两个诗人或其他作家都可以硬拉过来一比，有人称之为"拉郎配"，是一个很形象的说法。焉知六十多年前自己就是一个"拉郎配"者或始作俑者。自己向天上吐的唾沫最终还是落到自己脸上，岂不尴尬也哉！然而这个事实我却无法否认。如果这样的文章也能算科学研究的"发轫"的话，我的发轫起点实在是很低的。但是，话又说了回来，在西洋文学系教授群中，讲真有学问的，雨僧先生算是一个。

下面介绍叶崇智（公超）教授。他教我们第一年英语，用的课本是英国女作家简·奥斯汀（Jane Austen）的《傲慢与偏见》。他的教学法非常离奇，一不讲授，二不解释，而是按照学生的座次——我先补充一句，学生的座次并不是固定的——从第一排右手起，每一个学生念一段，依次念下去。念多么长，好像也并没有一定之规，他一声令下："Stop！"于是就 stop 了。他问学生："有问题没有？"如果没有，就是邻座的第二个学生念下去。有一次，一个同学提了一个问题,他大声喝道:"查字典去!"一声狮子吼,全堂愕然、肃然,屋里静得能听到彼此的呼吸声。从此天下太平,再没有人提任何问题了。就这样过了一年。公超先生英文非常好,对英国散文大概是很有研究的。可惜他惜墨如金,从来没见他写过任何文章。

在文坛上,公超先生大概属于新月派一系。他曾主编过——或者帮助编过——一个纯文学杂志《学文》。我曾写过一篇散文《年》,送给了他。他给予这篇文章极高的评价,说我写的不是小思想、小感情,而是"人类普遍的意识"。他立即将文章送《学文》发表。这实出我望外,欣然自喜,颇有受宠若惊之感。为了表示自己的感激之情,兼怀有巴结之意,我写了一篇《我是怎样写起文章来的?》送呈先生。然而,这次却大出我意料,狠狠地碰了一个钉子。他把我叫了去,铁青着脸,把原稿掷给了我,大声说道:"我一个字都没有看!"我一时目瞪口呆,赶快拿着文章开路大吉。个中原因我至今不解。难道这样的文章只有成了名的作家才配得上去写吗?此文原稿已经佚失,我自己是自我感觉极为良好的。平心而论,我在清华四年,只写过几篇散文——《年》《黄昏》《寂寞》《枸杞树》,一直到今天,还是一片赞美声。清夜扪心,这样的文章,我今天无论如何也写不出来了。我一生从不敢以作家自居,而只以学术研究者自命。然而这极具讽刺意味:如果说我的学术研究起点很低的话,我的散文创作的起点应该说是不低的。

公超先生虽然一篇文章也不写，但是，他并非是懒于动脑筋的人。有一次，他告诉我们几个同学，他正考虑一个问题：在中国古代诗歌中人的感觉——或者只是诗人的感觉的转换问题。他举了一句唐诗："静听松风寒。"最初只是用耳朵听，然而后来却变成了躯体的感受"寒"。虽然后来没见有文章写出，却表示他在考虑一些文艺理论的问题。当时教授与学生之间有明显的鸿沟：教授工资高，社会地位高，存在决定意识，由此就形成了"教授架子"这一个词儿。我们学生只是一群有待于到社会上去抢一只"饭碗"的碌碌青年。我们同教授们不大来往，路上见了面，也是望望然而去之，不敢用代替西方"早安""晚安"一类的致敬词儿的"国礼"："你吃饭了吗？""你到哪里去呀？"以此向教授们表示敬意。公超先生后来当了大官：中国台湾的"外交部长"。关于这一件事，我同我的一位师弟——一位著名的诗人有不同的看法。我曾在香港《大公报·文学副刊》上发表过的一篇文章中提到过此事。

再介绍一位不能算是主要教授的外国女教授，她是德国人华兰德小姐，讲授法语。她满头银发，闪闪发光，恐怕已经有了一把子年纪，终身未婚。中国人习惯称之为"老姑娘"。也许正因为她是"老姑娘"，所以脾气有点变态。用医生的话说，可能就是迫害狂。她教一年级法语，像是教初小一年级的学生。后来我领略到的那种德国外语教学方法，她一点儿都没有。极简单的句子，翻来覆去地教，令人从内心深处厌恶。她脾气却极坏，又极怪，每堂课都在骂人。如果学生的卷子答得极其正确，让她无辫子可抓，她就越发生气，气得简直浑身发抖，面红耳赤，开口骂人，语无伦次。结果是把百分之八十的学生全骂走了，只剩下我们五六个不怕骂的学生。我们商量"教训"她一下。有一天，在课堂上，我们一齐站起来，对她狠狠地顶撞了一番。大出我们所料，她屈服了。从此以后，天下太平，再也没有看到她撒野骂人了。她住在当时燕京大学南面军机处的一座大院子里，同一个美国"老姑娘"相依为命。二人合伙吃饭，轮流每人管一个月的伙食。在这一个月中，不管伙食的那一位就百般挑剔，恶毒咒骂。到了下个月，人变换了位置，骂者与被骂者也颠倒了过来。总之是每月每天必吵。然而二人却谁也离不开谁，好像吵架已经成了生活的必不可缺的内容。

我在上面介绍了清华西洋文学系的大概情况，绝没有一句谎言。中国古话："为尊者讳，为贤者讳。"这道理我不是不懂。但是为了真理，我不能用撒谎来讳，我只能据实直说。我也绝不是说，西洋文学系一无是处。这个系能出像钱锺书和万家宝（曹禺）这样大师级的人物，必然有它的道理。我在这里无法详细推究了。

对我影响最大的两门课程

专就我个人而论，专从学术研究发轫这个角度上来看，我认为，我在清华四年，有两门课对我影响最大：一门是旁听而又因时间冲突没能听全的历史系陈寅恪先生的"佛经翻译文学",一门是中文系朱光潜先生的"文艺心理学",是一门选修课。这两门不属于西洋文学系的课程,我可万没有想到会对我产生深刻而悠久的影响,绝非本系的任何课程所能相比于万一。陈先生上课时让每个学生都买一本《六祖坛经》。我曾到今天的美术馆后面的某一座大寺庙里去购买此书。先生上课时,任何废话都不说,先在黑板上抄写资料,把黑板抄得满满的,然后再根据所抄的资料进行讲解分析,对一般人都不注意的地方提出崭新的见解,令人顿生石破天惊之感,仿佛酷暑饮冰,凉意遍体,茅塞顿开。听他讲课,简直是最高最纯的享受。这同他写文章的做法如出一辙。当时他的学术论文,我已经读了一些,比如《四声三问》等。每每还同几个同学到原物理楼南边王静安先生纪念碑前,共同阅读寅恪先生撰写的碑文,觉得文体与流俗不同,我们戏说这是"同光体"。有时在路上碰到先生腋下夹着一个黄布书包,走到什么地方去上课,步履稳重,目不斜视,学生们都投以极其尊重的目光。

朱孟实(光潜)先生是北大的教授,在清华兼课。当时他才从欧洲学成归来。他讲"文艺心理学",其实也就是美学。他的著作《文艺心理学》还没有出版,也没有讲义。他只是口讲,我们笔记。孟实先生的口才并不好,他不属于能言善辩一流,而且似乎有点儿怕学生,讲课时眼睛总是往上翻,看着天花板上的某一个地方,不敢瞪着眼睛看学生。可他一句废话也不说,慢条斯理,操着安徽乡音很重的蓝青官话,讲着并不太容易理解的深奥玄虚的美学道理,句句仿佛都能钻入学生心中。他显然同鲁迅先生所说的那一类,在外国把老子或庄子写成论文让洋人吓了一跳,回国后却偏又讲康德、黑格尔的教授,完全不可相提并论。他深通西方哲学和当时在西方流行的美学流派,而对中国旧的诗词又极娴熟。所以在课堂上引东证西或引西证东,触类旁通,头头是道,毫无牵强之处。我觉得,这才是真正的比较文学、比较诗学。这样的本领,在当时是凤毛麟角,到了今天,也不多见。他讲的许多理论,我终生难忘,比如立普斯(Lipps)的"感情移入说",到现在我还认为是真理,不能更动。

陈、朱二师的这两门课,使我终生受用不尽。虽然我当时还没有敢梦想当什么学者,然而这两门课的内容和精神却已在潜移默化中融入了我的内心深处。如果说我的所谓"学术研究"真有一个待"发"的"轫"的话,那个"轫"就隐藏在这两门课里面。

梦萦
水木清华

离开清华园已经五十多年了,但是我经常想到她。我无论如何也忘不掉清华的四年学习生活。如果没有清华母亲的哺育,我大概会是一事无成的。

在20世纪30年代初期,清华和北大的门槛是异常高的。往往有几千学生报名投考,而被录取的还不到十分之一甚至二十分之一。因此,清华学生的素质是相当高的,而考上清华,多少都有点自豪感。

我当时是极少数的幸运儿之一,北大和清华我都考取了。经过了一番艰苦的思考,我决定入清华。原因也并不复杂,据说清华出国留学方便些。我以后没有后悔。清华和北大各有其优点,清华强调计划培养,严格训练;北大强调兼容并包,自由发展。各极其妙,不可偏执。

在校风方面,两校也各有其特点。清华校风我想以八个字来概括:清新、活泼、民主、向上。我只举几个小例子。新生入学,第一关就是"拖尸",这是英文字"toss"(扔)的音译,意思是,新生在报到前必须先到体育馆,旧生好事者列队在那里对新生进行"拖尸"。办法是,几个彪形大汉把新生的两手、两脚抓住，举起来，在空中摇晃几次，然后抛到垫子上，这就算是完成了手续，颇有点像《水浒传》上提到的杀威棍。墙上贴着大字标语："反抗者入水！"游泳池的门确实在敞开着。我因为有同乡大学篮球队队长许振德保驾，没有被"拖尸"。至今回想起来，颇以为憾：这个终生难遇的机会轻轻放过，以后想补课也不行了。

这个从美国输入的"舶来品"，是不是表示旧生"虐待"新生呢？我不认为是这样。我觉得，这里面并无一点儿敌意，只不过是对新伙伴开一点儿玩笑，其实是充满了友情的。这种表示友情的美国方式，也许有人看不惯，觉得洋里洋气的。我的看法正相反。我上面说到清华校风清新和活泼，就是指的这种"拖尸"，还有其他一些行为。

我为什么说清华校风民主呢？我也举一个小例子。当时教授与学生之间有一条鸿沟，不可逾越。教授每月薪金高达三四百元大洋，可以购买面粉二百多袋，鸡蛋三四万个。他们的社会地位极高，往往目空一切，自视高人一等。学生接近他们比较困难。但这并不妨碍学生开教授的玩笑，开玩笑几乎都在《清华周刊》上。这是一份由学生主编的刊物，文章生动活泼，而且图文并茂。现代著名的戏剧家孙浩然同志，就常用"古巴"的笔名在《周刊》上发表漫画。有一天，俞平伯先生忽然大发豪兴，把脑袋剃了个精光，大摇大摆，走上讲台，全堂为之愕然。几天以后，《周刊》上就登出了文章，讽刺俞先生要出家当和尚。

第二件事情是针对吴雨僧（宓）先生的。他正教我们"中西诗之比较"这一门课。在课堂上，他把自己的新作《空轩》十二首诗印发给学生。这十二首诗当然意有所指，究竟指的是什么，我们说不清楚。反正当时他正在多方面地谈恋爱，这些诗可能与此有关。他热爱毛彦文是众所周知的。他的诗句"吴宓苦爱（毛彦文），三洲人士共惊闻"，是夫子自道。《空轩》诗发下来不久，校刊上就刊出了一首七律今译，我只记得前一半：

> 一见亚北貌似花，
> 顺着秾秸往上爬。
> 单独进攻忽失利，
> 跟踪盯梢也挨刷。

最后一句是："椎心泣血叫妈妈。"诗中的人物呼之欲出，熟悉清华今典的人都知道是谁。

学生同俞先生和吴先生开这样的玩笑，学生觉得好玩，威严方正的教授也不以为忤。这种气氛我觉得很和谐有趣。你能说这不民主吗？这样的琐事我还能回忆起一些来，现在不再啰唆了。

清华学生一般都非常用功，但同时又勤于锻炼身体。每天下午四点以后，图书馆中几乎空无一人，而体育馆内则是人山人海，著名的"斗牛"正在热烈进行。操场上也挤满了跑步、踢球、打球的人。到了晚饭以后,图书馆里又是灯火通明,人人伏案苦读了。

根据上面谈到的各方面的情况,我把清华校风归纳为八个字:清新、活泼、民主、向上。

我在这样的环境中生活、学习了整整四个年头,其影响当然是非同小可的。至于清华园的景色,更是有口皆碑,而且四时不同:春则繁花烂漫,夏则藤影荷声,秋则枫叶似火,冬则白雪苍松。其他如西山紫气,荷塘月色,也令人忆念难忘。

现在母校八十周年了。我可以说是与校同寿。我为母校祝寿,也为自己祝寿。我对清华母亲依恋之情,弥老弥浓。我祝她长命千岁,千岁以上。我祝自己长命百岁,百岁以上。我希望在清华母亲百岁华诞之日,我自己能参加庆祝。

1988年1月3日

温馨
的回忆

一想到清华图书馆,一股温馨的暖流便立即涌上心头。

在清华园念过书的人,谁也不会忘记两馆:一个是体育馆,一个是图书馆。

专就图书馆而论,从当时一直到今天,它在中国大学中绝对是一流的。光是那一座楼房建筑,就能令人神往。淡红色的墙上,高大的玻璃窗上,爬满了绿叶葳蕤的爬山虎。新中国成立后,曾加以扩建,建筑面积增加了很多。但是,整个建筑的庄重典雅的色调,一点儿也没有遭到破坏。与前面的雄伟的古希腊建筑风格的大礼堂,形成了双峰并峙的局面,一点儿也不显得有任何逊色。

至于馆内藏书之多,插架之丰富,更是名闻遐迩。不但能为本校师生服务,而且能为外校,甚至外国的学者提供稀有的资料。根据我的回忆,馆员人数并不多,但是效率极高,而且极有礼貌,有问必答,借书也非常方便。当时清华学生宿舍是相当宽敞的,一间居住两人,每人一张书桌。在屋里读书也是很惬意的。但是,我们还是愿意到图书馆去,那里更安静,而且参考书极为齐全。书香飘满了整个阅览大厅,每个人说话走路都是悄悄的。人一走进去,立即为书香所迷,进入角色。

我在校时,有一位馆员毕树棠老先生,胸罗万卷,对馆内藏书极为熟悉,听他娓娓道来,如数家珍。学生们乐意同他谈天,看样子他也乐意同青年们侃大山,是一个极受尊敬和欢迎的人。1946年,我出国十多年以后,又回到北京,是在北京大学工作。我向清华的人打听,据说毕老先生还健在,我十分兴奋,几次想到清华园去会一会老友,但都因事未果,后来听说他已故去,痛失同这位鲁殿灵光见面的机会,抱恨终天了。

书籍是人类文化和智慧的最重要的载体。世界各国、各地,只要有文字、有书籍的地方,书籍就必然承担起这个十分重要的责任。没有书籍,人类文化的发展,人类社会的进步,就会受到极大的影响,遇到极大的障碍,延缓前进的步伐。而图书馆就是储存这些重要载体的地方。在人类历史上,世界上各个国家,中国的各个朝代,几乎都有类似今天图书馆的地方,这是人类文化之所以能够代代传承下来的重要原因。我们对图书馆必须给予最高的赞扬。

清华大学,包括留美预备学堂和国学研究院在内,建校八十年以来,颇出了一些卓有建树、蜚声士林的学者和作家。其中原因很多。校歌中说:"西山苍苍,东海茫茫;吾校庄严,巍然中央。"这是形象的说法,说得很玄远,其意不过是说,清华园有灵气。园中的水木清华,荷塘月色,等等,都是灵气之所钟。有这样有灵气的地方，又有全国一流的学生，有一些全国一流的教授，再加上有这样一个图书馆，焉得不培养出一些优秀人才呢？

我一想到清华图书馆，就有一种温馨的回忆，我永远不会忘记清华图书馆。

我和北大

北大创建于1898年,到明年整整一百年了,称之为"与世纪同龄",是当之无愧的。我生于1911年,小北大十三岁,到明年也达到八十七岁高龄,称我为"世纪老人",虽不中亦不远矣。说到我和北大的关系,在我活在世界上的八十七年中,竟有五十一年是在北大度过的,称我为"老北大"是再恰当不过的。

在北大五十余年中,我走过的并不是一条阳关大道。有光风霁月,也有阴霾漫天;有"山重水复疑无路",也有"柳暗花明又一村",而后者远远超过前者。在这里,我同普天下的老百姓,特别是其中的知识分子,是同呼吸、共命运的。不管怎样,不知道有什么无形的力量,把我同北大紧紧缚在一起,不管我在北大经历过多少艰难困苦,甚至一度曾走到死亡的边缘上,我仍然认为我这一生是幸福的。一个人只有一次生命,我不相信什么轮回转生。在我这仅有的可贵的一生中,从"春风得意马蹄疾"的少不更事的青年,一直到"高堂明镜悲白发"的耄耋之年,我从未离开过北大。追忆我的一生,怡悦之感,油然而生,"虽九死其犹未悔"。

有人会问："你为什么会有这样的感觉呢？"这个问题是我必须答复的。

记得前几年，北大曾召开过几次座谈会，探讨的问题是：北大的传统究竟是什么？我个人始终认为，北大的优良传统是根深蒂固的爱国主义。有人主张，北大的优良传统是革命。其实真正的革命还不是为了爱国？不爱国，革命干什么呢？历史上那种"你方唱罢我登场"的"以暴易暴"的改朝换代，应该排除在"革命"之外。

在古代，几乎在所有的国家中，传承文化的责任都落在知识分子的肩上。不管工农的贡献多么大，但是传承文化却不是他们所能为。如果硬要这样说，那不是实事求是的态度。传承文化的人的身份和称呼，因国而异。在欧洲中世纪，传承者多半是身着黑色长袍的神父，传承的地方是教堂。后来大学兴起，才接过了一些传承的责任。在印度古代，文化传承者是婆罗门，他们高居四姓之首。东方一些佛教国家，古代文化的传承者是穿披黄色袈裟的佛教僧侣，传承地点是在寺庙里。中国古代文化的传承者是"士"。士、农、工、商是社会上的主要阶层，而士则同印度的婆罗门一样高居首位。传承的地方是太学、国子监和官办以及私人创办的书院。婆罗门和士的地位，都是他们自定的，这是不是有点过于狂妄自大呢？可能有的，但是，我认为，并不全是这样，而是由客观形势所决定的，不这样也是不行的。

婆罗门、神父、士等等，都是知识分子，他们的本钱就是知识，而文化与知识又是分不开的。在世界各国文化传承者中，中国的士有其鲜明的特点。早在先秦，《论语》中就说过："士不可以不弘毅，任重而道远。"士们俨然以天下为己任，天下安危系于一身。在几千年的历史上，中国知识分子的这个传统一直没变，后来发展成"天下兴亡，匹夫有责"。后来又继续发展，一直到了现代，始终未变。

不管历代注疏家怎样解释"弘毅"，怎样解释"任重道远"，我个人认为，中国知识分子所传承的文化中，其精髓有两个鲜明的特点，一个是我在上面详细论证的爱国主义，一个就是讲骨气，讲气节，换句话说，也就是在帝王将相的非正义的行为面前不低头，另一方面，在外敌的斧钺前面不低头，"威武不能屈"。苏武和文天祥等一大批优秀人物就是例证。这样一来，这两个特点实又有非常密切的联系了，其关键还是爱国主义。

如果我们改一个计算办法的话，那么，北大的历史就不是一百年，而是几千年。因为，北大最初的名称是京师大学堂，而京师大学堂的前身则是国子监。国子监是旧时代中国的最高学府，已有一千多年的历史，其前身又是太学，则历史更长了。从最古的太学起，中经国子监，一直到近代的大学，学生都有以天下为己任的抱负，这也是"存在决定意识"这个规律造成的，与其他国家的大学不太一样。在中国这样的大学中，首屈一指的是北京大学。在近代史上，历次反抗邪恶势力的运动，几乎都是从北大开始。这是历史事实，谁也否认不掉的。五四运动是其中最著名的一次。虽然名义上是提倡科学与民主，但骨子里仍然是一场爱国运动。提倡科学与民主只能是手段，其目的仍然是振兴中华，这不是爱国运动又是什么呢？

我在北大这样一所肩负着传承中华民族的优秀文化、背后有悠久的爱国主义传统的学府里，真正是如鱼得水，认为这才真正是我安身立命之地。我曾在一篇文章中写过：我身上的优点不多，惟爱国不敢后人。即使我将来变成了灰，我的每一个灰粒也都会是爱国的。这是我的肺腑之言。以我这样一个怀有深沉的爱国思想的人，竟能在有悠久爱国主义传统的北大几乎度过了我的一生，我除了有幸福之感外，还有什么呢？还能何所求呢？

1997 年 1 月 13 日

我看
北大

也许是出于一种偶合，北大几乎与 20 世纪同寿。在过去一百年中，时间斗换星移，世事沧海桑田，中国产生了天翻地覆的变化，而北大在人事和制度方面也随顺时势，不得不变。然而，我认为，其中却有不变者在，即北大对中国文化所必须担负的责任。

古人常说，某某人"一身系天下安危"。陈寅恪先生《挽王静安先生》诗中有一句话："文化神州丧一身。"而我却想说：北大一校系中国文化的安危与断续。

我所谓"文化"是最广义的文化，精神和物质两个方面都包括在里面。但是狭义的文化，据一般人的理解，则往往只限于与中文、历史、哲学三个系所涵盖的范围有关的东西。而在北大过去一百年的历史上，这三个系，尽管名称有过改变，却始终是北大的重点。从第一任校长严复开始，中经蔡元培、胡适、傅斯年（代校长）、汤用彤（校委会主席）等等，都与这三个系有关。至于在过去一百年中，这三个系的教授，得大名有大影响的人物，灿如列星，不可胜数，五四运动时期是一个高潮。这个运动在中国文化学术界、思想界，甚至政界所起的影响，深远广被，是无论怎样评价也不为高的。如果没有五四运动，我们真不能想象，今天中国的文化和教育会是一个什么样子。

前几年，我们中国学术界提出了一个口号：弘扬中华民族优秀文化。这口号提得正确，提得及时，立即得到了全国的响应。所谓"弘扬"，我觉得，有两方面的意义：一个是在国内弘扬，一个是向国外弘扬。二者不能偏废。在国内弘扬，其意义之重要尽人皆知。我们常讲"有中国特色的"，这"特色"无法表现在科技上。即使我们的科技占世界首位，同其他国家相比，也只能是量的差别，无所谓"特色"。"特色"只能表现在文化上。这个浅近的道理，一想就能明白。在文化方面，我们中华民族除了上面所说的"天人合一"的思想以外，几乎是处处有特色。我们的语言，我们的书法，我们的绘画，我们的音乐，我们的饮食，我们的社会风习，我们的文学创作，等等，哪个地方没有特色呢？这个道理也是极浅的，一看就能明白。这些都属于广义的文化，对内我们要弘扬的。

除了对国内弘扬，我们还有对国外弘扬的责任和义务。我在上面已经谈到，在文化的给予方面，我们中华民族从来是不吝惜的。现在国外那一些懵懵懂懂的"天之骄子"们，还在自我欣赏。我们过去曾实行鲁迅所说的"拿来主义"，拿来了许多外国的好东西，今后我们还将继续去拿。但是，为了世界人类的幸福和前途，不管这些"天之骄子"们愿意不愿意来拿我们中国的好东西,我们都要想方设法实行"送去主义",我们要"送货上门"。我相信,有朝一日,他们会觉悟过来而由衷地感谢我们的。

北大上承几千年来太学与国子监的衣钵,师生"以天下为己任",在文化和政治方面一向敢于冲锋陷阵。这一点恐怕是大家不得不承认的。今天,在对内弘扬和对外弘扬方面,责任落在所有大学的人文社会科学学术教育机构以及教员和学生的肩上,北大以其过去的传统,更应当是当仁不让,勇往直前,义无反顾。

专就北大本身来讲,中文、历史、哲学三系更是任重道远,责无旁贷。我希望而且也相信,这三个系的师生能意识到自己肩上的重担。陈寅恪先生的诗曰"吾侪所学关天意",可以移来相赠。我希望国家教委和北大党政领导在待遇方面多向这三个系倾斜一些,平均主义不是办学的最好方针。我的意思并不是说,在北大只有这三个系有责任,其他各系都可以袖手旁观。否,否,我绝无此意。弘扬传承文化是大家共同的责任。而且学科与学科间的界限越发变得不那么泾渭分明了,你中有我,我中有你,这现象越来越明显。其他文科各系,甚至理科各系,都是有责任的。其他各大学以及科学研究机构,也都是有责任的。唯愿我们能众志成城,共襄盛举,振文化之天声,播福祉于寰宇,跂予望之矣。

1997 年 12 月 12 日

我和
北大图书馆

我对北大图书馆有一种特殊的感情,这种感情潜伏在我的内心深处,从来没有明确地意识到过。最近图书馆的领导同志要我写一篇讲图书馆的文章,我连考虑都没有,立即一口答应。但我立刻感到有点吃惊。我现在事情还是非常多的,抽点时间,并非易事。为什么竟立即答应下来了呢?如果不是心中早就蕴藏着这样一种感情的话,能出现这种情况吗?

山有根,水有源,我这种感情的根源由来已久了。

1946年,我从欧洲回国。去国将近十一年,在落叶满长安(长安街也)的深秋季节回到了北平,在北大工作,内心感情的波动是难以形容的。既兴奋,又寂寞;既愉快,又惆怅。然而我立刻就到了一个可以安身立命的地方,这就是北大图书馆。当时我单身住在红楼,我的办公室(东语系办公室)是在灰楼。图书馆就介乎其中。承当时图书馆的领导特别垂青,在图书馆里给了我一间研究室,在楼下左侧。窗外是到灰楼去的必由之路。经常有人走过,不能说是很清静。但是在图书馆这一面,却是清静异常。我的研究室左右,也都是教授研究室,当然室各有主,但是颇少见人来。所以走廊里静如古寺,真是念书写作的好地方。我能在奔波数万里扰攘十几年,有时梦想得到一张一尺见方的书桌而渺不可得的情况下,居然有了一间窗明几净的研究室,简直如坐天堂,如享天福了。当时我真想咬一下自己的手,看一看自己是否是做梦。

研究室的真正要害还不在窗明几净——这也是必要的——而在有没有足够的书。在这一点上,我也得到了意外的满足。图书馆的领导允许我从书库里提一部分必要的书,放在我的研究室里,供随时查用。我当时是东语系的主任,虽然系非常小,没有多少学生;但是,麻雀虽小,五脏俱全,仍然有一些会要开,一些公要办,所以也并不太闲。可是我一有机会,就遁入我的研究室去,"躲进小楼成一统",这地方是我的天下。我一进屋,就能进入角色,潜心默读,坐拥书城,其乐实在是不足为外人道也。我回国以后,由于资料缺乏,在国外时的研究工作无法进行,只能有多大碗,吃多少饭,找一些可以发挥自己的长处而又有利于国计民生的题目,来进行研究。北大图书馆藏书甲全国大学,我需要的资料基本上能找得到,因此还能够写出一些东西来。如果换一个地方,我必如车辙中的鲋鱼那样,什么书也看不到,什么文章也写不出,不但学业上不能进步,长此以往,必将索我于鲍鱼之肆了。

作为全国最高学府的北京大学,我们有悠久的爱国主义的革命历史传统,有实事求是的学术传统,这些都是难能可贵的。但是，我认为，一个第一流的大学，必须有第一流的设备、第一流的图书馆、第一流的教师、第一流的学者和第一流的管理。五个第一流，缺一不可。我们北大可以说是具备这五个第一流的。因此，我们有充分的基础，可以来弘扬祖国的优秀文化，为我国四化建设培养德才兼备的人才，对外为祖国争光，对内为人民立功，仰不愧于天，俯不怍于地，充满信心地走向光辉的未来。在这五个第一流中，第一流的图书馆更显得特别突出。北大图书馆是全国大学图书馆的翘楚。这是世人之公言，非我一人之私言。我们为此应该感到骄傲，感到幸福。

但是，我们全校师生员工却不能躺在这个骄傲上、这个幸福上睡大觉。我们必须努力学习，努力工作，像爱护自己的眼球一样，爱护北大，爱护北大的一草一木、一山一石，爱护我们的图书馆。我们图书馆的藏书盈架充栋，然而我们应该知道，一部一册来之不易，一页一张得之维艰。我们全体北大人必须十分珍惜爱护。这样，我们的图书馆才能有长久的生命，我们的骄傲与幸福才有坚实的基础。愿与全校同仁共勉之。

1991年11月6日

梦萦
未名湖

北京大学正在庆祝九十周年华诞。对一个人来说,九十年是一个很长的时期,九十岁就是所谓耄耋之年。自古以来,能够活到这个年龄的只有极少数的人。但是,对一个大学来说,九十年也许只是幼儿园阶段。北京大学肯定还要存在下去的,二百年,三百年,一千年,甚至更长的时期。同这样长的时间相比,九十年难道不就是幼儿园阶段吗?

我们的校史,还有另外一种计算方法,那就是从汉代的太学算起。这绝非我的发明创造,国外不乏先例。这样一来,我们的校史就要延伸到两千来年,要居世界第一了。就算是两千来年吧,我们的北大还要照样存在下去的,也许三千年、四千年,谁又敢说不行呢?同将来的历史比较起来,活了两千年也只能算是如日中天,我们的学校远远没有达到耄耋之年。

一个大学的历史存在于什么地方呢?在书面的记载里,在建筑的实物上,当然是的。但是,它同样也存在于人们的记忆中。相对而言,存在于人们的记忆中,时间是有限的,但它毕竟是存在,而且这个存在更具体、更生动、更动人心魄。在过去九十年中，从北京大学毕业的人数无法统计，每个人都有自己的对母校的回忆。在这些人中，有许多在中国近代史上是非常显赫的。离开这一些人，中国近代史的写法恐怕就要改变。这当然只是极少数人。其他绝大多数的人，尽管知名度不尽相同，也都在自己的工作岗位上，对祖国的建设事业做出了自己的贡献。他们个人的情况错综复杂，他们的工作岗位五花八门。但是，我相信，有一点是共同的：他们都没有忘记自己的母校北京大学。母校像是一块大磁石吸引住了他们的心，让他们那记忆的丝缕永远同母校挂在一起，挂在巍峨的红楼上面，挂在未名湖的湖光塔影上面，挂在燕园四时不同的光景上面：春天的桃杏藤萝，夏天的绿叶红荷，秋天的红叶黄花，冬天的青松瑞雪；甚至临湖轩的修篁，红湖岸边的古松，夜晚大图书馆的灯影，绿茵上飘动的琅琅书声，所有这一切无不挂上校友们回忆的丝缕，他们的梦永远萦绕在未名湖畔。《沙恭达罗》里面有一首著名的诗：

　　你无论走得多么远也不会走出了我的心，
　　　黄昏时刻的树影拖得再长也离不开树根。

北大校友们不完全是这个样子吗？

至于我自己，我七十多年的一生（我只是说到目前为止，并不想就要做结论），除了当过一年高中国文教员，在国外工作了几年以外，唯一的工作岗位就是北京大学，到现在已经四十多年了，占了我一生的一半还要多。我于1946年深秋回到故都，学校派人到车站去接。汽车行驶在十里长街上，凄风苦雨，街灯昏黄，我真有点悲从中来。我离开故都已经十几年了，身处万里以外的异域，作为一个海外游子经常给自己描绘重逢的欢悦情景。谁又能想到，重逢竟是这般凄苦！我心头不由自主地涌出了两句诗词："西风凋碧树""落叶满长安（长安街也）"。我心头有一个比深秋更深秋的深秋。

到了学校以后，我被安置在红楼三层楼上。在日寇占领时期，红楼驻有日寇的宪兵队，地下室就是行刑杀人的地方，传说里面有鬼叫声。我从来不相信有什么鬼神。但是，在当时，整个红楼上下五层，寥寥落落，只住着四五个人，再加上电灯不明，在楼道的薄暗处真仿佛有鬼影飘忽。走过长长的楼道，听到自己的足音回荡，颇疑非置身人间了。

但是，我怕的不是真鬼，而是假鬼，这就是绝不承认自己是魔鬼的国民党特务以及由他们纠集来的当打手的天桥的地痞流氓。当时国民党反动派正处在垂死挣扎阶段。号称北平解放区的北大的民主广场成了他们的眼中钉、肉中刺。红楼又是民主广场的屏障，于是就成了他们进攻的目标。他们白天派流氓到红楼附近来捣乱，晚上还想伺机进攻。住在红楼的人逐渐多起来了。大家都提高警惕，注意动静。我记得有几次甚至想用椅子堵塞红楼主要通道，防备坏蛋冲进来。这样紧张的气氛颇延续了一段时间。

延续了一段时间，恶魔们终于也没能闯进红楼，而北平却解放了。我于此时真正是耳目为之一新。这件事把我的一生明显地分成了两个阶段。从此以后，我的回忆也截然分成了两个阶段：一段是魑魅横行，黑云压城；一段是魑魅现形，天日重明。二者有天渊之别、云泥之分。北大不久就迁至城外有名的燕园中，我当然也随学校迁来，一住就住了将近四十年。我的记忆的丝缕会挂在红楼上面，会挂在截然不同的两个世界上，这是不言而喻的。

一住就是近四十年，天天面对未名湖的湖光塔影。难道我还能有什么回忆的丝缕要挂在湖光塔影上面吗？别人认为没有，我自己也认为没有。我住房的窗子正对未名湖畔的宝塔。一抬头，就能看到高耸的塔尖直刺蔚蓝的天空。层楼栉比，绿树历历，这一切都是活生生的现实，一睁眼，就明明白白能够看到，哪里还用去回忆呢？

然而，世事多变。正如世界上没有一条完全平坦笔直的道路一样，我脚下的道路也不可能是完全平坦笔直的。在魑魅现形、天日重明之后，我在美丽的燕园中，同一些正直善良的人们在一起，又经历了一场特大暴风骤雨。燕园中许多美好的东西遭到了破坏。许多楼房外面墙上的爬山虎，那些有一二百年寿命的丁香花，在北京城颇有一点儿名气的西府海棠，繁荣茂盛了三四百年的藤萝，都坚决、彻底、干净、全部地被消灭了。

那些为人们所深深喜爱的花草树木再也不能见到了。如果它们也有灵魂的话（我希望它们有），这灵魂也绝不会离开美丽的燕园。月白风清之夜,它们也会流连于未名湖畔湖光塔影中吧!如果它们能回忆的话,它们回忆的丝缕也会挂在未名湖上吧!可惜我不是活神仙,起死无方,回生乏术。它们消逝了,永远消逝了。这里用得上一句旧剧的戏词:"要相逢,除非是梦里团圆。"

我上面说到,将近四十年来,我一直住在燕园中、未名湖畔,我那记忆的丝缕用不着再挂在未名湖上。然而,那些被铲除的可爱的花草时来入梦。我那些本来应该投闲置散的回忆的丝缕又派上了用场。它挂在苍翠繁茂的爬山虎上,芳香四溢的丁香花上,红绿皆肥的西府海棠上,葳蕤茂密的藤萝花上。这样一来,我就同那些离开母校的校友一样,也梦萦未名湖了。

尽管我们目前还有这样那样的困难,但是我们未来的道路将会越走越宽广。我们今天回忆过去,绝不仅仅是发思古之幽情。我们回忆过去是为了未来。愿普天之下的北大校友——国内的、海外的、男的、女的、老的、少的,什么时候也不要割断你们对母校的回忆的丝缕,愿你们永远梦萦未名湖,愿我们大家在十年以后都来庆祝母校的百岁华诞。"但愿人长久,千里共婵娟。"

1988 年 1 月 3 日

燕园
盛夏

走在路上,偶一抬头,看到池塘里开出了第一朵荷花,临风摇曳,红艳夺目。我不禁一愣,夏意蓦地涌上心头:盛夏原来已经悄悄地来到燕园了。

几天来,天气也确实很热。一大早,坐在窗前读书的时候,听到外面柳树丛中有一种鸟边飞边叫"快拿锄头",心里还微微地感到一点儿凉意。但是,一近中午,炎阳当顶,热气从四面八方袭来。从高树枝头飘下来的蝉声似乎都是温热的。池塘里,成群的鱼浮到有绿荫的水面上来纳凉。炎热仿佛统治了整个宇宙。

但是,最热的还不是自然界的这些,而是青年人的心。今年有两千个男女青年在这里学习了五六年之后,就要走上社会主义建设的工作岗位了。他们一方面努力温课,准备考试,要拿出最出色的成绩向祖国人民汇报;一方面又做好思想准备,要到最艰苦的地方去。伟大祖国的各个方面和各个地区,都在他们考虑之中。他们想到欣欣向荣的农村,他们想到钢水奔流热火朝天的工厂,他们想到冰天雪地、林深草密或者大海汪洋的辽阔的边疆。他们也想到培育比他们更年轻一代的中学的课堂。对他们说来，这些地方都是最好的地方，祖国大地的每一个角落都是他们理想寄托之所在。他们想到什么地方，什么地方就在他们心中开成一朵花。

多么可爱的青年人啊！

我对这些青年人一向怀着特殊的好感。我看他们都朴素率真，平易近人。女孩子有的梳着两条长辫子，有的剪短了头发，蓬蓬松松。男孩子头发更是随便，有的还比较整齐，有的就不大在乎。他们成天嘻嘻哈哈，好像总有乐不完的事。看起来并没有什么特别惊人的地方。但是，我总觉得，他们走路时脊梁骨是直的，好像有什么东西在那里撑着他们。他们的脚底板是硬的，好像永远也不会滑倒。他们的眼睛，即使还充满了稚气，却是亮的，好像能看到许多东西，既能看到昨天和今天，又能看到明天。

今年要毕业的这一些青年人眼睛好像就更亮了。他们在党的教育下，开始看到一些他们以前不大注意的东西。我曾参加毕业同学的大会，我没有同任何人说过一句话。但是，我从他们的眼睛里好像就完全了解了他们的心情，看到他们那一颗颗火热的心。他们知道，自己现在进行的事业是人类历史上空前伟大的事业，它关系到亿万人民的解放，关系到人类的前途。进行这样的事业，路途不会是平坦的，这样或那样的风险是不可避免的。可是他们心中有数，只要跟着党走，风暴再大，也决不会迷失方向。

同这样一些青年人在一起是幸福的。

当我像他们这样大的时候，我想的完全是另外一些事情。我脑子里常常浮起一个问题：人生的意义究竟是什么？当时很多人都有这样一个问题，学术界还曾就这个问题大讨论而特讨论。结果是越讨论越糊涂，问题还依然是问题。

新中国成立以后，我自己逐渐解决了这个问题。要对今天的青年人来谈这个问题，他们会觉得异常可笑，甚至不可理解。人生的意义嘛，那就是斗争，为了共产主义，为了亿万人民的幸福而斗争。这还有什么可讨论的呢？这些青年人正准备着参加到斗争的最前线去。他们肩膀上的担子是重的，但是他们愿意担，而且只要努力，我看也担得起。

我常常在校园里静观周围的青年人，他们的打扮不一样，姿态千差万别，从事的活动也多种多样，看上去有点目迷五色。但是，不管是哪一个站在树下高声朗诵的男孩子，还是从实验室里走出来的女孩子；不管是哪一个在操场上奔跑的女孩子，还是拿着铁锹正在劳动的男孩子，他们在党的教育下，也都同我一样，慢慢懂得了革命的道理，有着一个共同的目的，一个伟大的目的。

无论谁，无论在什么时候，只要想到这一点，他心里就会像点上一把火。就是在酷暑的伏天，也不例外。现在就要走上工作岗位的青年人心里有这样一把火，难道不就是很自然的吗？

可是，说也奇怪，心里有了这样一把火，外面天气再热，我们反而感觉不到。我们只觉得心旷神怡，清凉遍体。燕园的盛夏好像是一转眼就消逝得无影无踪,眼前正是惠风和畅或金风送爽的春秋佳日,池塘里开的不是荷花,而是牡丹和菊花。

1963 年 7 月

汉城忆燕园

自己年事已高,最近几年,立下宏愿大誓:除非万分必要,不再出国。这个想法应该说是合情合理的,然而却难以贯彻。最近承蒙老友金俊烨博士推毂,韩国国际交流财团邀请,终于又一次来到了美丽的汉城,情不可却也,然而我却是高兴的。

距上次访问,时间已有四年。我虽年迈,尚未昏聩。上次访问的记忆,不用粉刷,依然如新,情景巨细,历历如在目前。韩国经济腾飞之迅猛,工业技术之先进,农村田畴之整齐,山川草木之葳蕤,给人留下深刻印象。仅以汉城而论,摩天高楼耸入蓝天,马路上车水马龙,日夜不息。深夜灯火光照夜空,简直能够同东京有名的银座相比。更令人难忘的是韩国人民之彬彬有礼,韩国友人之拳拳情深。总之,上一次的短暂访问是毕生难忘的。

可是为什么我这样一个喜欢舞笔弄墨的人竟一篇文章也没有写出来呢?对于这一点,我自己都有点惊奇。然而理由是很明显的。我的情绪越是激动,情感越是充沛,我越难以动笔,越是不想动笔。我想把这种感情蕴藏在自己腔子里,自己玩味，仿佛一动笔就亵渎了它，就泄露了天机。现在又来到了汉城，旧地重游，旧友重逢，又增添了新的朋友。而汉城本身也似乎更美丽了，更繁华了。我的情感仿佛愈加充沛，自己暗暗下定决心：这是泄露天机的时候了，文章非写不行了。然而实在是大大地出我意料：我在构思时，眼前的汉城依然辉煌，我的心灵深处涌出来的却是怀乡思家之情，其势汹涌澎湃，不可抗御。身在汉城，心怀燕园。古人说："一日不见，如三秋兮。"我离开燕园不过几天，却似乎是已有几年了。

我是在想家吗？绝不是的。实际上，我现在已经没有什么家。我一个人就是家。我一个人吃饱了，全家都不挨饿。我正像一只蜗牛，家就驮在自己背上，我走到哪里，家也就带到哪里。要说想家，只想一想自己就够了。

然而我确实还是想家。我现在觉得，全世界我最爱的国家是中国，在中国我最爱的城市是北京，在北京我最爱的地方是燕园，在燕园我最爱的地方是我的家。什么叫我的家呢？一座最平常不过的楼房的底层，两个单元，房屋六间，大厅两个。前临荷塘，左傍小山。我离开时，虽已深秋，塘中荷叶，依然浓绿，秋风乍起，与水中的倒影共同摇摆。塘畔垂柳，依然烟笼一里堤。小山上黄栌尚未变红，而丰花月季，却真名副其实，红艳怒放，胜于二月春花。刚离开几天，我用不着问："来日绮窗前，寒梅著花未？"可我现在却怀念这些山水花木。

我那六间屋子，绝不豪华，也不宽敞。然而几乎每间都堆满了书，我坐拥书城，十分得意。然而也有烦恼。书已经多到无地可容，连阳台和对面屋子里的厨房和大厅都已堆满，而且都堆到了天花板。然而天天仍然是"不尽书潮滚滚来"。我现在怀念这些不会说话又似乎能对我说话的书。

同书比较起来，更与我亲如手足的是我那十几箍铁柜中收藏的我的手稿和我手抄的资料。由于我是个"杂家"，所以资料的范围极广，数量极大。六七十年来，我养成了"随便翻翻"（鲁迅语）的习惯，什么书到手，我先翻翻。只要与我的研究或兴趣有关的资料，我都随手抄下。手头有什么，就用什么抄。纸张大小不一，中外兼备。连信封、请柬和无用的来信的背面，都抄满了资料。积之既久，由几张而盈寸，由盈寸而盈尺，由盈尺而盈丈。我没有仔细量过，但盈丈绝非虚语。人们常说"著作等身"，我的所谓"著作"等多少，先不去说它，资料等身，甚至超过等身，却是确确实实的事实。多少年来，我天天泡在这些资料和手稿里，现在竟几天不见，我的资料和手稿如果有灵，也会感到惊诧的。我现在怀念我这些亲密的朋友资料和手稿。这些东西，在别人眼中，形同垃圾，在我眼中，却如同珍宝。倘若一不小心丢上一张半页，写文章时可能正是关键的资料。这些东西有时候是可遇而不可求的。它们身上凝结着我的心血，凝结着我兀兀穷年、溽暑酷寒的心血。我现在深深地怀念这些资料和手稿。

上面说的都是些没有生命的山水花木和资料手稿。与这些东西比较起来，更重要的当然还是人。近一年多以来，我陡然变成了"孤家寡人"。我这个老态龙钟的耄耋老人，虽然还并没有丧失照顾自己的能力，但是需要别人照顾的地方却比比皆是。属于我孙女一辈的小萧和小张，对我的起居生活、交际杂务，做了无微不至的充满了热情的工作，大大地减少了我的后顾之忧。我们晨夕相聚，感情融洽。在这里，我不想再用"宛如家人父子"一类现成的词句，那不符合我的实际。加劲的词儿我一时也想不出来，请大家自己去意会吧。

除了她们俩，还有天天帮我整理书籍、比萧和张又年轻十多岁的方方和小李。我身处几万册书包围之中，睥睨一切，颇有王者气象。可我偏偏指挥无方，群书什么阵也排不出来。我要用哪一本，肯定找不到哪一本。"只在此室中，书深不知处。"等到不用时，这一本就在眼前。我极以为苦。我曾开玩笑地说过："我简直想自杀！"然而来了救星。玉洁率领着方方和小李，杀入我的书阵中。她运筹帷幄，决胜斗室，指挥若定。伯仲伊吕，大将军八面威风，宛如风卷残云一般。几周之内，把我那些杂乱无章、不听调遣的书们，整治得规规矩矩，有条有理。虽然我对她们摆的书阵还有待熟悉，可是，现在一走进书房，窗明几净，豁然开朗，我顾而乐之，怡然自得，不复再有"轻生"之念。我原来想：就让它乱几年吧。等到我的生命画句号的时候，自然就一了百了了，哪里会想到今天这个样子！

此外，在我这种孤苦伶仃、举目无亲的生活环境中，向我伸出友谊之手的人还有很多很多。我的学生忠新夫妇、保胜、邦维夫妇，我的助手李铮夫妇，等等。我心头常常涌出一句诗："此时无亲胜有亲"，可见我心情之一斑。现在虽然相距数千里，可他们的声音笑貌，宛在身边眼前。我现在真是深深怀念这一些可敬可爱的朋友们。当然我也怀念我眼前仅有的不在一起住的亲属颐华和孝廉。

我上面写了那么多怀念，但是，怀念还没有完。有一晚，我在汉城希尔顿饭店一间豪华的客厅里参加晚宴。对面大镜子里忽然有一团白光一闪。我猛一吃惊：难道我的小猫咪跟我来了吗？定一定神，才知道这是桌子上白色餐巾的影子。我的心迷离恍惚，一下子飞回了燕园。我现在家里有两只小猫，都是洁白如雪的波斯猫。小的一只，我颁赐嘉名曰"毛毛四世"，因为在它之前我已经丢了三只眼睛一黄一绿的波斯猫，它排行第四，故有"四世"之名。几世几世是秦始皇发明的。我以之为猫命名，似有亵渎之意，实则是诚恳的，不过聊以逗乐子而已。祝愿始皇在天之灵原谅则个！这位四世降生才不过一百天，来自我的家乡。小小年纪，却极端调皮，简直是"无恶不作"，什么地方、什么时候不需要它，它就偏在那地方、那时候蹿出，搅得人心神不安，它自己却怡然自得。这且不去谈它。

咪咪二世是老猫了。它陪伴我已经六七年了。它每天夜出昼归。我一般都是早晨四点起床，无间寒暑。咪咪脑袋里似乎有一个表,早晨四点前后。只要我屋子里的灯一亮,它就在窗外窗台上用前爪抓我的纱窗,窸窣作响,好像要告诉我:"你该起床了!应该放我进去进早餐了!"我悚然而兴,飞快下床,开门一跺脚,声控的电灯一亮,只见一缕白烟从门外的黑暗中飞了进来,是咪咪二世。它先踩我的脚,蹭我的腿,好像对我道声"早安";然后飞身入室,等我给它安排早餐。六七年来,特别是最近一两年来,几乎天天如此。我对它情有独钟,它对我一往情深。在我最苦恼的时候,它给了我极大的安慰。"此中有真意",不足为外人道也。我曾写过几句俚辞:"夜阑人静,虚室凄清。万籁俱寂,独对孤灯。往事如潮,汹涌绕缭。伴我寥寥,唯有一猫。"可见我的心情之一斑。现在,我忽然离开了家。但是,我相信,咪咪仍然会每天凌晨卧在我窗外的窗台上,静静地等候室内的灯光。可是灯光却再也不亮。杜甫诗:"遥怜小儿女,未解忆长安。"我现在改为:"可怜小猫咪,不解忆汉城。"我想,它必然是非常纳闷,非常寂寞,非常失望的。它必然会觉得,人世间非常奇怪:"我的主人怎么忽然不见了?"我现在真是怀念我的咪咪二世。

  临别的前夕,我的老学生,现任驻韩国大使的张庭延及其夫人(也是我的老学生谭静),在富丽堂皇的大使馆中,设宴招待教委和北大领导以及我这位老师。不言自明,这是我到韩国以后最美最合口味的一顿饭。不知道怎样一来,话头一转就转到了花生米上。庭延说,他常常以花生米佐茅台。

他还说，花生米以农贸市场老农炒的五香花生米为最佳。什么美国瓶装脱皮的花生米，绝不能与之相比，两者简直有天渊之别。我初听时，大吃一惊，继之则以我心有戚戚焉。

我自认是一个上不得台盘的人。留欧十年有余，足迹遍及世界三十几个国家，虽洋气日增，而土气未减。在德国二战时的饥饿地狱中，饱受磨难。夜间做梦，常常梦见祖国的食品。但我梦见的却并不是什么燕窝、鱼翅、海参、鲍鱼等山珍海味，而是花生米，正是庭延所说的那种最平常最一般的炒五香花生米。我回国以后，五十年来，每天的早餐就是烤馒头片就炒花生米，佐以一杯浓茶，天天如此，从无单调厌恶之感，而且味感还越来越好。我窃以为这是我个人的怪癖。不意今天竟在汉城找到了从未遇到的花生米知己，我漫卷衣袖喜欲狂，于是我们大侃花生米哲学。庭延和谭静拿出了从祖国带来的炒花生米，仅余小小一塑料袋。我们万般珍惜，只肯一粒一粒地慢慢地吃。此时连茅台都更增添了香味，简直可比王母娘娘的蟠桃、镇元大仙的人参果。我们大家食而乐之，侃兴倍增。这成为我毕生难忘的一夜。

我现在是在飞机上，正飞向北京。过不了多久，我就能再看到我那可爱的祖国，我那可爱的北京，我那可爱的燕园，我那些可爱的燕园中的山水草木，我那些可爱的书籍和手稿，我那些可爱的友人，最后还有我那两只可爱的波斯猫。

汉城离我越来越远，而我在汉城时怀念的上面说的这些东西和人，却越来越近了。我的心绪不知怎样一来陡然一转，我的怀念一下子转回到汉城上,转回到在韩国的那些朋友身上,特别转回到庭延和谭静身上。我的心仿佛已经留在了汉城。"何当共剪西窗烛,却话汉城夜宴时。"这是我走下飞机时心里涌出来的胡编剽窃的两句诗。

北京
忆旧

我不是北京人，但是先后在北京住了四十六年之久，算得上一个老北京了。讲到回忆北京旧事，我自觉是颇有一些资格的。

可是，回忆并不总是愉快的。俗话说："一部《二十四史》，不知从何处说起。"我遇到的也是这个困难，不是无可回忆，而是要回忆的东西实在太多了。一想到四十六年的北京生活，脑海里就像开了幻灯铺，一幕一幕，倏忽而过。论建筑则有楼台殿阁，佛寺尼庵，阳关大道，独木小桥，无穷无尽的影像。论人物则有男女老幼，国内国外，黑眼黑发，碧眼黄发，无穷无尽的面影。再加上自然风光，春花秋月，夏雨冬雪，延庆密林，西山红叶，混搅成一团，简直像是七宝楼台，海市蜃楼，五光十色，迷离模糊。到了此时，我自己几乎不知置身何地了。

现在先从小事回忆起吧。

我想回忆一下中关村电子一条街。

在我居京的四十六年中，有四十年我住在清华园和燕园，都同今天的电子一条街是近邻。由于我国政府决定在海淀区实行特殊经济政策，电子一条街名扬四海。今天，在这里，几乎日夜车水马龙，熙熙攘攘，街两旁店铺鳞次栉比，如雨后春笋，经营的几乎都是先进技术。敏感之士已经感到，将来仅有的几家不是经营先进技术的铺子，比如说饭馆、服装店之类，将会逐渐被挤走，而代之以有能力付特高租金的店铺，将来在海淀区吃饭穿衣都要遇到困难了。我佩服这些人的先见之明。我这个人虽然也还算敏感，但还没有达到这样高的水平，我还没有这样的杞忧。我只是有时候回忆起几十年前的这个地方，心中憬然若有所悟。可惜今天有我这种感觉的人恐怕很少很少了。今天的青年，甚至中年，看到的只是眼前的繁华景象，他们想的是跃跃欲试，逐鹿于电子战场，成为胜利者，手挥微机，头戴桂冠。至于此地过去如何，确定与他们无关，何必去伤这一份脑筋呢？

我生也早，现在已近耄耋之年。早生有早生的好处，但也有早生的包袱。我现在背的就是这样的包袱。我看电子一条街，同中青年们不完全一样。我既看到现在热闹的一面，又看到过去与热闹截然相反的一面。有时候这两面在我眼前重叠起来，我很自然地就起流光如驶之感，不禁大为慨叹。这种慨叹有什么用处吗？我说不出，看来恐怕不会有多大用处。明知没有多大用处，又何苦去回忆呢？我是身不由己，无能为力。既然生早了，亲眼看到这个地方原先的情况，就无法抑制自己不去回忆。这就是我现在的包袱。

将近六十年前，当我住在清华园读书的时候，晚饭之后，有时候偕一两好友漫步出校南门，边走边谈，忘路之远近，间或走得颇远。留给我印象最深的是在深秋时分，我们往往走到一处人迹罕至的地方，衰草荒烟，景象萧森，举目四望，不见人家。但见野坟数堆，暮鸦几点，上下相映，益增荒寒，回望西天，残阳如血，余晖闪熠在枯草叶上。此时我感到鬼气森森，赶快收住脚步，转身回到清华园，仿佛又回到了人间。

测算位置，我当年到的那个地方，应该就是今天的中关村、电子一条街一带。这一点我认为是可以肯定的。我离开清华以后，再也没有到这里来过。一九四六年回到北平，也没有来过。一九五二年从城里搬到燕园，时过境迁，我对这个地方，早已忘得干干净净了。我在蓝旗营一公寓住了十年。初来时，门前的马路还没有。现在电子一条街修马路更在以后。这里修马路时，我当时的想法是，修这样宽的马路干什么呀！到了今天，马路扩展了一倍，仍然时有堵塞。仅仅三十几年，这里的变化竟如此巨大，我们的脑筋跟上时代的步伐竟如此困难。古人说沧海桑田，确有其事；论到速度，又是今非昔比了。

我从前读杨衒之的《洛阳伽蓝记》、段成式的《寺塔记》、刘肃的《大唐新语》等书籍，常作遐想。书中描绘洛阳、长安等城市升沉衍变的情况，作者一腔思古之幽情，流露于楮墨之间，读来异常亲切感人。我原以为这是古人的事，于今渺矣茫矣。但是，现在看来，我自己亲身经历的类似电子一条街这样的变迁，岂非同古人一模一样吗？唯一的区别只在于，我只经历了六七十年，而古人经历的比较长而已。六七十年在人类历史上不能算太长，但也不能说太短，中国历史上有一些朝代也不过如此。我个人的经历应该算得上一部短短的历史了。

人是非常容易怀旧的，怀旧往往能带来某一种愉快。但是，到了我这样的年龄，我看到的、经历过的已经太多太多了，"悲欢离合总无情"，有时候我连怀旧都有点懒怠了。今天写这一篇短文，一非想怀旧，二非想思古。不过偶尔想到，觉得别人未必知道，所以就写了下来。这绝不会影响电子一条街的人士发财致富，也不会帮助他们财运亨通。当他们饱饮可口可乐之余，对他们来说，这样琐细的回忆足资谈助而已。

1988年6月11日

叁 —— 心如明镜勤自勉

我的心
是一面镜子

我生也晚，没有能看到20世纪的开始。但是，时至今日，再有七年，21世纪就来临了。从我目前的身体和精神两个方面来看，我能看到两个世纪的交接，是丝毫没有问题的。在这个意义上来讲，我也可以说是与20世纪共始终了，因此我有资格写"我与中国20世纪"。

对时势的推移来说，每一个人的心都是一面镜子。我的心当然也不会例外。我自认为是一个颇为敏感的人，我这一面心镜，虽不敢说是纤毫必显，然确实并不迟钝。我相信，我的镜子照出了20世纪长达九十年的真实情况，是完全可以依赖的。

我生在1911年辛亥革命那一年。我下生两个月零四天以后，那一位"末代皇帝"就从宝座上被请了下来。因此，我常常戏称自己是"清朝遗少"。到了我能记事儿的时候，还有时候听乡民肃然起敬地谈到北京的"朝廷"（农民口中的皇帝），仿佛其仍然高踞宝座之上。我不理解什么是"朝廷"，他似乎是人，又似乎是神，反正是极有权威、极有力量的一种动物。

这就是我的心镜中照出的清代残影。

我的家乡山东清平县（现归临清市）是山东有名的贫困地区。我们家是一个破落的农户。祖父母早亡，我从来没有见过他们。祖父之爱我是一点儿也没有尝到过的。他们留下了三个儿子，我父亲行大（在大排行中行七）。两个叔父，最小的一个无父无母，送了人，改姓刁。剩下的两个，上无怙恃，孤苦伶仃，寄人篱下，其困难情景是难以言说的，恐怕哪一天也没有吃饱过。饿得没有办法的时候，兄弟俩就到村南枣树林子里去，捡掉在地上的烂枣，聊以果腹。这一段历史我并不清楚，因为兄弟俩谁也没有对我讲过。大概是因为太可怕，太悲惨，他们不愿意再揭过去的伤疤，也不愿意让后一代留下让人惊心动魄的回忆。

但是，乡下无论如何是待不下去了，待下去只能成为饿殍。不知道怎么一来，兄弟俩商量好，到外面大城市里去闯荡一下，找一条活路。最近的大城市只有山东首府济南。兄弟俩到了那里，两个毛头小伙子，两个乡巴佬，到了人烟稠密的大城市里，举目无亲。他们碰到多少困难，遇到多少波折。这一段历史我也并不清楚，大概是出于同一个原因，他们谁也没有对我讲过。

后来，叔父在济南立定了脚跟，至多也只能像是石头缝里的一棵小草，艰难困苦地挣扎着。于是兄弟俩商量，弟弟留在济南挣钱，哥哥回家务农，希望有朝一日，混出点名堂来，即使不能衣锦还乡，也得让人另眼相看，为父母和自己争一口气。

但是,务农要有田地,这是一个最简单的常识。可我们家所缺的正是田地这玩意儿。大概我祖父留下了几亩地,父亲就靠这个来维持生活。至于他怎样侍弄这点儿地,又怎样成的家,这一段历史对我来说又是一个谜。

我就是在这时候来到人间的。

天无绝人之路。正在此时或稍微前一点儿,叔父在济南失了业,流落在关东,用身上仅存的一元钱买了湖北水灾奖券,结果中了头奖,据说得到了几千两银子。我们家一夜之间成了暴发户。父亲买了六十亩带水井的地。为了耀武扬威起见,要盖大房子。一时没有砖,他便昭告全村:谁愿意拆掉自己的房子,把砖卖给他,他肯出几十倍高的价钱。俗话说:"重赏之下,必有勇夫。"别人的房子拆掉,我们的房子盖成。东、西、北房各五大间。大门朝南,极有气派。兄弟俩这一口气总算争到了。

然而好景不长,我父亲是乡村中朱家、郭解一流的人物,仗"义"施财,忘乎所以。有时候到外村去赶集,他一时兴起,全席棚里喝酒吃饭的人,他都请了客。据说,没过多久,六十亩上好的良田被卖掉,新盖的房子也把东房和北房拆掉,卖了砖瓦。这些砖瓦买进时似黄金,卖出时似粪土。

一场春梦终成空。我们家又成了破落户。

在我能记事儿的时候,我们家已经穷到了相当可观的程度。一年大概只能吃一两次"白的"(指白面),吃得最多的是红高粱饼子，棒子面饼子也成为珍品。我在春天和夏天，割了青草，或劈了高粱叶，背到二大爷家里，喂他的老黄牛，赖在那里不走，等着吃上一顿棒子面饼子，打一打牙祭。夏天和秋天，对门的宁大婶和宁大姑总带我到外村的田地里去拾麦子和豆子，把拾到的可怜兮兮的一把麦子或豆子交给母亲。不知道积攒多少次，才能勉强打出点麦粒，磨成面，吃上一顿"白的"。我当然觉得如吃龙肝凤髓。但是，我从来不记得母亲吃过一口。她只是坐在那里，瞅着我吃，眼里好像有点潮湿。我当时哪里能理解母亲的心情呀！但是，我也隐隐约约地立下一个决心：有朝一日，将来长大了，也让母亲吃点"白的"。可是，"树欲静而风不止，子欲养而亲不待"。还没有等到我有能力让母亲吃"白的"，母亲竟舍我而去，留下了一个我终生难补的心灵伤痕，抱恨终天！

我们家，我父亲一辈，大排行兄弟十一个。有六个因为家贫，下了关东。从此音讯杳然。留下的只有五个，一个送了人，我上面已经说过。这五个人中，只有大大爷有一个儿子，不幸早亡，我从来没有见过他。我生下以后，就成了唯一的一个男孩子。在封建社会里，这意味着什么，大家自然能理解。在济南的叔父只有一个女儿。于是兄弟俩一商量，要把我送到济南。当时母亲什么心情，我太年幼，完全不能理解。很多年以后，我才听人告诉我说，母亲曾说过："要知道一去不回头的话，我拼了命也不放那孩子走！"这一句不是我亲耳听到的话，却终生回荡在我耳边。"谁言寸草心，报得三春晖。"

我终于离开了家,当年我六岁。

一个人的一生难免稀奇古怪的。个人走的路有时候并不由自己来决定。假如我当年留在家里,走的路是一条贫农的路。生活可能很苦,但风险绝不会大。我今天的路怎样呢?我广开了眼界,认识了世界,认识了人生,获得了虚名。我曾走过阳关大道,也曾走过独木小桥;坎坎坷坷,又颇顺顺当当,一直走到了耄耋之年。如果当年让我自己选择道路的话,我究竟要选哪一条呢?概难言矣!

离开故乡时,我的心镜中留下的是一幅一个贫困至极、一时走了运、立刻又垮下来的农村家庭的残影。

到了济南以后,我眼前换了一个世界。不用说别的,单说见到济南的山,就让我又惊又喜。我原来以为山只不过是一个个巨大无比的石头柱子。

叔父当然非常关心我的教育,我是季家唯一的传宗接代的人。我上过大概一年的私塾,就进了新式的小学校,济南一师附小。一切都比较顺利。五四运动影响了山东。一师校长是新派人物,首先采用了白话文教科书。国文教科书中有一篇寓言,名叫《阿拉伯的骆驼》,故事讲的是得寸进尺,是国际上流行的。无巧不成书,这一篇课文偏偏让叔父看到了,他勃然变色,大声喊道:"骆驼怎么能说话呀!这简直是胡闹!赶快转学!"于是我就转到了新育小学。当时转学好像是非常容易,似乎没有走什么后门就转了过来。只举行了一次口试，教员写了一个"骡"字，我认识，我那比我大一岁的亲戚不认识。我直接插入高一，而他则派进初三。一字之差，我硬是沾了一年的光。这就叫作人生！最初课本还是文言，后来则也随时代潮流改了白话，不但骆驼能说话，连乌龟蛤蟆都说起话来，叔父却置之不管了。

叔父是一个非常有天才的人。他并没有受过什么正规教育，在颠沛流离中，完全靠自学，获得了知识和本领。他能作诗，能填词，能写字，能刻图章，中国古书也读了不少。按照他的出身，他无论如何也不应该对宋明理学发生兴趣，然而他竟然发生了兴趣，而且极为浓烈，非同一般。这件事我至今大惑不解。我每看到他正襟危坐，威仪俨然，在读《皇清经解》一类十分枯燥的书时，我都觉得滑稽可笑。

这当然影响了对我的教育。我这一根季家的独苗他大概想要我诗书传家。《红楼梦》《三国演义》《水浒传》等等，他都认为是"闲书"，绝对禁止看。大概出于一种逆反心理，我爱看的偏是这些书。中国旧小说，包括《金瓶梅》《西厢记》等几十种，我都偷着看了个遍。放学后不回家，躲在砖瓦堆里看，在被窝里用手电照着看。这样大概过了有几年的时间。

叔父的教育则是另外一回事。在正谊时，他出钱让我在下课后跟一个国文老师念古文，连《左传》等都念。回家后，吃过晚饭，立刻又到尚实英文学社去学英文，一直到深夜。这样天天连轴转，也有几年的时间。

叔父相信"中学为体",这是可以肯定的。但是是否也相信"西学为用"呢?这一点我说不清楚。反正当时社会上都认为,学点儿洋玩意儿是能够升官发财的。这是一种实用主义的"崇洋","媚外"则不见得。叔父心目中"夷夏之辨"是很显然的。

大概是1926年,我从正谊中学毕了业,考入设在北园白鹤庄的山东大学附设高中文科去念书。这里的教员可谓极一时之选。国文教员王崑玉先生,英文教员尤桐先生、刘先生和杨先生,数学教员王先生,史地教员祁蕴璞先生,伦理学教员鞠思敏先生(正谊中学校长),伦理学教员完颜祥卿先生(一中校长),还有教经书的"大清国"先生(因为诨名太响亮,真名忘记了),另一位是前清翰林。两位先生教《书经》《易经》《诗经》,上课从不带课本,五经四书连注都能背诵如流。这些教员全是佼佼者。再加上学校环境有如仙境,荷塘四布,垂柳蔽天,是念书再好不过的地方。

我有意识地认真用功,是从这里开始的。我是一个很容易受环境支配的人。在小学和初中时,成绩不能算坏,总在班上前几名,但从来没有考过甲等第一。我毫不在意,照样钓鱼、摸虾。到了高中,国文作文无意中受到了王玉先生的表扬,英文是全班第一。其他课程考个高分并不难,只需稍稍一背,就能应付裕如。结果我生平第一次考了一个甲等第一,平均分数超过九十五分,是全校唯一的一个学生。当时山大校长兼山东教育厅厅长、前清状元王寿彭,亲笔写了一副对联和一个扇面奖给我。这样被别人一指,我的虚荣心就被抬起来了。从此认真注意考试名次,再不掉以轻心。结果两年之内,四次期考,我考了四个甲等第一,威名大振。

在这一段时间内,外界并不安宁。军阀混乱,鸡犬不宁。直奉战争、直皖战争,时局瞬息万变,"你方唱罢我登场"。有一年山大祭孔,我们高中学生受命参加。我第一次见到当时的奉系山东土匪督军——不知道自己有多少兵、多少钱和多少姨太太的张宗昌,他穿着长袍马褂,匍匐在地,行叩头大礼。此情此景,至今犹在眼前。

到了1928年,蒋介石假"革命"之名,打着孙中山先生的招牌,算是一股新力量,从广东北伐,以雷霆万钧之力,一路扫荡,宛如劲风卷残云,大军占领了济南。此时,日本军国主义分子想趁火打劫,出兵济南,酿成了有名的"五三惨案"。高中关了门。

在这一段时间内,我的心镜中照出来的影子是封建又兼维新的教育再加上军阀混战。

日寇占领了济南,国民党军队撤走,学校都不能开学,我过了一年临时亡国奴生活。

此时日军当然是全济南至高无上的唯一的统治者。同一切非正义的统治者一样,他们色厉内荏,十分害怕中国老百姓,简直害怕到风声鹤唳、草木皆兵的程度。天天如临大敌,常常搞一些突然袭击,到居民家里去搜查。我们一听到日军到附近某地来搜查了,家里就像开了锅。有人主张关上大门,有人坚决反对。前者说，不关门，日本兵会说："你怎么这样大胆呀！竟敢双门大开！"于是捅上一刀。后者则说，关门，日本兵会说："你们一定有见不得人的勾当，不然的话，皇军驾到，你们应该开门恭迎嘛！"于是捅上一刀。结果是，一会儿开门，一会儿又关上，如坐针毡，又如热锅上的蚂蚁。此情此景，非亲身经历者，是绝不能理解的。

我还有一段个人经历。我无学可上，又深知日本人最恨中国学生，在山东焚烧日货的"罪魁祸首"就是学生。我于是剃光了脑袋，伪装成商店的小徒弟。有一天，走在东门大街上，迎面来了一群日军，检查过往行人。我知道，此时万不能逃跑，一定要镇定，否则刀枪无情。我貌似坦然地走上前去。一个日兵搜我的全身，发现我腰里扎的是一条皮带。他如获至宝，发出狞笑，说道："你的，狡猾的大大的。你不是学徒，你是学生。学徒的，是不扎皮带的！"我当头挨了一棒，幸亏还没有昏过去，我向他解释：现在小徒弟们也发了财，有的能扎皮带了。他坚决不信。正在争论的时候，另外一个日军走了过来，大概是比那一个高一级的，听了那个日军的话，似乎有点不耐烦，一摆手："让他走吧！"我于是死里逃生，从阴阳界上又转了回来。我身上出了多少汗，只有我自己知道。

在这一年内，我心镜上照出的是临时或候补亡国奴的影像。

1929年，日军撤走，国民党重进。我在求学的道路上，从此开辟了一个新天地。

此时,北园高中关了门,新成立了一所山东省立济南高中,是全省唯一的一所高级中学。我没有考试,就入了学。

校内换了一批国民党的官员,"党"气颇浓,令人生厌。但是总的是换了精神面貌。最明显不过的是国文课。"大清国"没有了,经书不念了,文言作文改成了白话。国文教员大多是当时颇为著名的新文学家。我的第一个国文教员是胡也频烈士。他很少讲正课,每一堂都是宣传"现代文艺",亦名"普罗文学",也就是无产阶级文学。一些青年,其中也有我,大为兴奋,公然在宿舍门外摆上桌子,号召大家参加"现代文艺研究会"。还准备出刊物,我为此写了一篇文章,叫作《现代文艺的使命》,里面生吞活剥抄了一些从日文译过来的所谓马克思主义文艺理论的文句。译文像天书,估计我也看不懂,但是充满了革命义愤和口号的文章,却堂而皇之地写成了。文章还没有来得及刊出,国民党通缉胡先生,他慌忙逃往上海,两年后就被国民党杀害。我的革命梦像肥皂泡似的破灭了,从此再也没有"革命",一直到了解放。

接胡先生的是董秋芳(冬芬)先生。他算是鲁迅的小友,北京大学毕业,翻译了一本《争自由的波浪》,由鲁迅写的序。不知道怎样一来,我写的作文得到了他的垂青,他发现了我的写作"天才",认为是全班、全校之冠。我有点飘飘然,是很自然的。到现在,在六十年漫长的过程中,不管我搞什么样的研究工作,写散文的笔从来没有放下过。写得好坏，姑且不论。对我自己来说，文章能抒发我的感情，表露我的喜悦，缓解我的愤怒，激励我的志向。这样的好处已经不算少了。我永远怀念我这位尊敬的老师！

在这一年里，我的心镜照出来的仿佛是我的新生。

1930年夏天，我们高中一级的学生毕了业。几十个举子联合"进京赶考"。当时北京的大学五花八门，国立、私立、教会立，纷然杂陈。水平参差不齐，吸引力也就大不相同。其中最受尊重的，同今天完全一样，是北大与清华，两个"国立"大学。因此，全国所有的赶考的举子没有不报考这两所大学的。这两所大学就仿佛变成了龙门，门槛高得可怕。往往几十人中录取一个。被录取的金榜题名，鲤鱼变成了龙。我来投考的那一天，有一个山东老乡已经报考了五次，次次名落孙山。这一年又同我们报考，也就是第六次，结果仍然榜上无名。他精神失常，一个人恍恍惚惚在西山一带漫游了七天，才清醒过来。他从此断了大学梦，回到了山东老家，后不知所终。

我当然也报了北大与清华。同别的高中同学不同的是，我只报这两个学校，仿佛极有信心——其实我当时并没有考虑这样多，几乎是本能地这样干了——别的同学则报很多大学，二流的、三流的、不入流的，有的人竟报到七八所之多。我一辈子考试的次数成百成千，从小学一直考到获得最高学位，但我考试的运气好，从来没有失败过。这一次又撞上了喜神，北大和清华都录取了我，一时成了人们羡慕的对象。

但是，北大和清华，对我来说，却成了鱼与熊掌。何去何从？一时成了挠头的问题。我左考虑，右考虑，总难以下这一步棋。当时"留学热"不亚于今天，我未能免俗。如果从留学这个角度来考虑，清华似乎有一日之长。至少当时人们都是这样看的。"吾从众"，终于决定了清华，入的是西洋文学系（后改名外国语文系）。

在旧中国，清华西洋文学系名震神州。主要原因是教授几乎全是外国人，讲课当然用外国话，中国教授也多用外语（实际上就是英语）授课。这一点就具有极大的吸引力。夷考其实，外国教授几乎全部不学无术，在他们本国恐怕连中学都教不上。因此，在本系所有的必修课中，没有哪一门课让我感到满意。反而是我旁听和选修的两门课，令我终生难忘，终身受益。旁听的是陈寅恪先生的"佛经翻译文学"，选修的是朱光潜先生的"文艺心理学"，就是美学。在本系中国教授中，叶公超先生教我们大一英文。他英文大概是好的，但有时故意不修边幅，好像要学习竹林七贤，没有给我留下好印象。吴宓先生的两门课"中西诗之比较"和"英国浪漫诗人"，给我留下了深刻的印象。

此外，我还旁听了或偷听了很多外系的课。比如朱自清、俞平伯、谢婉莹（冰心）、郑振铎等先生的课，我都听过，时间长短不等。在这种旁听活动中，我有成功，也有失败。最失败的一次，是同许多男同学，被冰心先生婉言赶出了课堂。最成功的是旁听西谛先生的课。西谛先生豁达大度，待人以诚,没有教授架子,没有行帮意识。我们几个年轻大学生——吴组缃、林庚、李长之,还有我自己——由听课而同他有了个人来往。他同巴金、靳以主编大型的《文学季刊》是当时轰动文坛的大事。他也竟让我们名不见经传的无名小卒,充当《季刊》的编委或特约撰稿人,名字赫然印在杂志的封面上,对我们来说这实在是无上的光荣。结果我们同西谛先生成了忘年交,终生维持着友谊,一直到1958年他在飞机失事中遇难。到了今天,我们一想到西谛先生还不禁悲从中来。

此时政局是非常紧张的。蒋介石在拼命"安内",日军已薄古北口,在东北兴风作浪,更不在话下。"九一八"后,我也曾参加清华学生卧轨绝食,到南京去请愿,要求蒋介石出兵抗日。我们满腔热血,结果被满口谎言的蒋介石捉弄,铩羽而归。

美丽安静的清华园也并不安静。国共两方的学生斗争激烈。此时,胡乔木(原名胡鼎新)同志正在历史系学习,与我同班。他在进行革命活动,其实也并不怎么隐蔽。每天早晨,我们洗脸盆里塞上的传单,就出自他之手。这是一个公开的秘密,尽人皆知。他曾有一次在深夜坐在我的床上,劝说我参加他们的组织。我胆小怕事,没敢答应。只答应到他主办的工人子弟夜校去上课,算是聊助一臂之力,稍报知遇之恩。

学生中国共两派的斗争是激烈的,详情我不得而知。我算是中间偏左的逍遥派,不介入,也没有兴趣介入这种斗争。不过据我的观察,两派学生也有联合行动,比如到沙河、清河一带农村中去向农民宣传抗日。我参加过几次,记忆中好像也有倾向国民党的学生参加。原因大概是,尽管蒋介石不抗日,青年学生还是爱国的多。在中国知识分子中,爱国主义的传统是源远流长的,根深蒂固的。

这几年,我们家庭的经济情况颇为不妙。每年寒暑假回家,返校时筹集学费和膳费,就煞费苦心。清华是国立大学,花费不多。每学期收学费四十元,但这只是一种形式,毕业时学校把收的学费如数还给学生,供毕业旅行之用。不收宿费,膳费每月六块大洋,顿顿有肉。即使是这样,我也开支不起。我的家乡清平县,国立大学生恐怕只有我一个,视若"县宝",每年津贴我五十元。另外,我还能写点文章,得点稿费,家里的负担就能够大大地减轻。我就这样在颇为拮据的情况中度过了四年,毕了业,戴上租来的学士帽照过一张相,结束了我的大学生活。

当时流行着一个词儿,叫"饭碗问题",还流行着一句话,是"毕业即失业"。除了极少数高官显宦、富商大贾的子女以外,谁都会碰到这个性命交关的问题。我从三年级开始就为此伤脑筋。我面临着承担家庭主要经济负担的重任。但是,我吹拍乏术,奔走无门。夜深人静之时,自己脑袋里好像是开了锅,然而结果却是一筹莫展。

眼看快要到1934年的夏天,我就要离开学校了。真好像是大旱之年遇到甘霖,我的母校济南省立高中校长宋还吾先生,托人邀我到母校去担任国文教员。月薪大洋一百六十元,是大学助教的一倍。大概因为我发表过一些文章,我就被认为是文学家,而文学家都一定能教国文,这就是当时的逻辑。这一举真让我受宠若惊,但是我心里却打开了鼓:我是学西洋文学的,高中国文教员我当得了吗?何况我的前任是被学生"架"(当时学生术语,意思是"赶")走的,足见学生不易对付。我去无疑是自找麻烦,自讨苦吃,无异于跳火坑。我左考虑,右考虑,终于举棋不定,不敢答复。然而,时间是不饶人的,暑假就在眼前,离校已成定局,最后我咬了咬牙,横下了一条心:"你有勇气请,我就有勇气承担!"

于是在1934年秋天,我就成了高中的国文教员。校长待我是好的,同学生的关系也颇融洽。但是同行的国文教员对我却有挤对之意。全校三个年级,十二个班,四个国文教员,每人教三个班。这就来了问题:其他三位教员都比我年纪大得多,其中一个还是我的老师一辈,都是科班出身,教国文成了老油子,根本用不着备课。他们却每人教一个年级的三个班,备课只有一个头。我教三个年级剩下的那个班,备课有三个头,其困难与心里的别扭是显而易见的。所以在这一年里,收入虽然很好(160元的购买力约与今天的3200元相当),心情却是郁闷。眼前的留学杳无踪影,手中的"饭碗"飘忽欲飞。此种心情,实不足为外人道也。

但是,幸运之神(如果有的话)对我是垂青的。正在走投无路之际,母校清华大学同德国学术交换处签订了互派留学生的合同,我喜极欲狂,立即写信报了名,结果被录取。这比考上大学金榜题名的心情,又自不同,别是一番滋味在心头。积年愁云,一扫而空,一生幸福,一锤定音。仿佛"金饭碗"已经捏在手中。自己身上一镀金,则左右逢源,所向无前。我现在看一切东西,都发出玫瑰色的光泽了。

然而,人是不能脱离现实的。我当时的现实是:亲老,家贫,子幼。我又走到了我一生最大的一个岔路口上。何去何从,难以决定。这个岔路口,对我来说,意义真正是无比地大。不向前走,则命定一辈子当中学教员,"饭碗"还不一定经常能拿在手中;向前走,则会是另一番境界。"马前桃花马后雪,教人怎敢再回头?"

经过了痛苦的思想矛盾,经过了细致的家庭协商,决定了向前迈步。好在原定期限只有两年,咬一咬牙就过来了。

我于是在1935年夏天离家,到北平和天津办理好出国手续,乘西伯利亚火车,经苏联到了柏林。我自己的心情是:万里投荒第二人。

在这一段从大学到教书一直到出国的时期中,我的心镜中照见的是蒋介石猖狂反共,日本军野蛮入侵,时局动荡不安,学生两极分化,这样一幅十分复杂矛盾的图像。

马前的桃花,远看异常鲜艳,近看则不见得。

我在柏林待了几个月,中国留学生人数颇多,认真读书者当然有之,终日鬼混者也不乏其人。国民党的大官,自蒋介石起，很多都有子女在德国"流学"。这些高级"衙内"看不起我，我更藐视这一群行尸走肉的家伙，羞与他们为伍。"此地信莫非吾土"，到了深秋，我就离开柏林，到了小城又是科学名城的哥廷根。从此以后，在这里一住就是七年，没有离开过。

德国给我一月一百二十马克，房租约占百分之四十多，吃饭也差不多。手中几乎没有余钱。同官费学生一个月八百马克相比，真如小巫见大巫。我在德国住了那么久的时间，从来没有寒暑假休息，从来没有旅游，一则因为"阮囊羞涩"，二则珍惜寸阴，想多念一点儿书。

我不远万里而来，是想学习的。但是，学习什么呢？最初并没有一个十分清楚的打算。第一学期，我选了希腊文，样子是想念欧洲古典语言文学。但是，在这方面，我无法同德国学生竞争，他们在中学里已经学了八年拉丁文、六年希腊文。我心里彷徨起来。

到了1936年春季始业的那一学期，我在课程表上看到了瓦尔德施米特开的梵文初学课，我狂喜不止。在清华时，受了陈寅恪先生讲课的影响，就有志于梵学。但在当时，中国没有人开梵文课，现在竟于无意中得之，焉能不狂喜呢？于是我立即选了梵文课。在德国，要想考取哲学博士学位，必须修三个系，一主二副。我的主系是梵文、巴利文，两个副系是英国语言学和斯拉夫语言学。我从此走上了正规学习的道路。

1937年,我的奖学金期满。正在此时,日军发动了卢沟桥事变,虎视眈眈,意在吞并全中国乃至亚洲。我是望乡兴叹,有家难归。但是天无绝人之路,汉文系主任夏伦邀我担任汉语讲师,我实在像久旱逢甘霖,当然立即同意,走马上任。这个讲师工作不多,我照样当我的学生,我的读书基地仍然在梵文研究所,偶尔到汉学研究所来一下。这情况一直持续到1945年秋天我离开德国。

1939年,第二次世界大战正式开幕。我原以为像这样杀人盈野、积血成河的人类极端残酷的大搏斗,理应震撼三界,摇动五洲,使禽兽颤抖,使人类失色。然而,我有幸身临其境,只不过听到几次法西斯头子狂号——这在当时的德国是司空见惯的事——好像是春梦初觉,无声无息地就走进了战争。战争初期阶段,德军的胜利使德国人如疯如狂,对我则是一个打击。他们每胜利一次,我就在夜里服安眠药一次。积之既久,失眠成病,成了折磨我几十年的终生痼疾。

最初生活并没有怎样受到影响。慢慢地肉和黄油限量供应了,慢慢地面包限量供应了,慢慢地其他生活用品也限量供应了。在不知不觉中,生活的螺丝越拧越紧。等到人们明确地感觉到时,这螺丝已经拧得很紧很紧了,但是除了极个别的反法西斯的人以外,我没有听到老百姓说过一句怨言。德国法西斯头子统治有术,而德国人民也是一个十分奇特的民族,对我来说,简直像个谜。

后来战火蔓延,德国四面被封锁,供应日趋紧张。我天天挨饿，夜夜做梦，梦到中国的花生米。我幼无大志，连吃东西也不例外。有雄心壮志的人，梦到的一定是燕窝、鱼翅，哪能像我这样没出息，只梦到花生米呢？饿得厉害的时候，我简直觉得自己是处在饿鬼地狱中，恨不能把地球都整个吞下去。

我仍然继续念书和教书。除了挨饿外，天上的轰炸最初还非常稀少。我终于写完了博士论文。此时瓦尔德施米特教授被征从军，他的前任，已退休的老教授 E. Sieg（西克）替他上课。他用了几十年的时间读通了吐火罗文，名扬全球。按岁数来讲，他等于我的祖父。他对我也完全是一个祖父的感情。他一定要把自己全部拿手的好戏都传给我——印度古代语法、吠陀，而且不容我提不同意见，一定要教我吐火罗文。我乘瓦尔德施米特教授休假之机，通过了口试，布劳恩口试俄文和斯拉夫文，罗德尔口试英文。考试及格后，仍在西克教授指导下学习。我们天天见面，冬天黄昏，在积雪的长街上，我搀扶着年逾八旬的异国的老师，送他回家。我忘记了战火，忘记了饥饿，我心中只有身边这个老人。

我当然怀念我的祖国，怀念我的家庭。此时邮政早已断绝。杜甫诗："烽火连三月，家书抵万金。"我却是"烽火连三年，家书抵亿金"。事实上根本收不到任何信。这大大地加强了我的失眠症，晚上吞服的药量，与日俱增，能安慰我的只有我的研究工作。此时英美的轰炸已成家常便饭，我就是在饥饿与轰炸中写成了几篇论文。大学成了女生的天下，男生都抓去当了兵。过了没有多久,男生有的回来了,但不是缺一只手,就是缺一条腿。双拐击地的声音在教室大楼中往复回荡,形成了独特的合奏。

到了此时,前线屡战屡败,法西斯头子的牛皮虽然照样厚颜无耻地吹,然而已经空洞无力,有时候牛头不对马嘴。从我们外国人眼里来看,败局已定,任何人也回天无力了。

德国人民怎么样呢?经过我十年的观察与感受,我觉得,德国人不愧是世界上最优秀的人民之一。文化昌明,科学技术处于世界前列,大文学家、大哲学家、大音乐家、大科学家,近代哪一个民族也比不上。而且为人正直、淳朴,各个都是老实巴交的样子。令我大惑不解的是,希特勒极端诬蔑中国人,视为文明的破坏者。按理说,我在德国应当遇到很多麻烦。然而,实际上,我却一点儿麻烦也没有遇到。我在德国,自始至终就在德国社会之中,我就住在德国人家中,我的德国老师,我的德国同学,我的德国同事,我的德国朋友,从来待我如自己人,没有丝毫歧视。这一点让我终生难忘。

这样一个民族现在怎样看待垂败的战局呢?他们很少跟我谈论战争问题,对生活的极端艰苦,轰炸的极端野蛮,他们好像都无动于衷,他们有点茫然、漠然。一直到1945年春,美国军队攻入哥廷根,法西斯彻底完蛋了,德国人仍然无动于衷,大有逆来顺受的意味,又仿佛当头挨了一棒,在茫然、漠然之外,又有点昏昏然、懵懵然。

惊心动魄的世界大战,持续了六年,现在终于闭幕了。

我在惊魂甫定之余，顿时想到了祖国，想到了家庭，我离开祖国已经十年了，我在内心深处感到了祖国对我这个海外游子的召唤。几经交涉，美国占领军当局答应用吉普车送我们到瑞士去。我辞别德国师友时，心里十分痛苦，特别是西克教授，我看到这位耄耋老人面色凄楚，双手发颤，我们都知道，这是最后一面了。我连头也不敢回，眼里流满了热泪。我的女房东对我放声大哭。她儿子在外地，丈夫已死，我这一走，房子里空空洞洞，只剩下她一个人。几年来，她实际上是同我相依为命，而今以后，日子可怎样过呀！离开她时，我也是头也没有敢回，含泪登上美国吉普。我在心里套一首旧诗想成了一首诗：

> 留学德国已十霜，
>
> 归心日夜忆旧邦。
>
> 无端越境入瑞士，
>
> 客树回望成故乡。

这十年在我的心镜上照出的是法西斯统治，极端残酷的世界大战，游子怀乡的残影。

1945年10月，我们到了瑞士。在这里待了几个月。1946年春天，离开瑞士，经法国马赛，乘为法国运兵的英国巨轮，到了越南西贡。在这里待到夏天，又乘船经香港回到上海，别离祖国将近十一年，现在终于回来了。

此时，我已经通过陈寅恪先生的介绍，胡适之先生、傅斯年先生和汤用彤先生的同意，到北大来工作。我写信给在英国剑桥大学任教的哥廷根旧友夏伦教授，谢绝了剑桥之聘，决定不再回欧洲。同家里也取得了联系，寄了一些钱回家。我感激叔父和婶母，以及我的妻子彭德华，他们经过千辛万苦，努力苦撑了十一年，我们这个家才得以完整安康地留了下来。

当时交通中断，我无法立即回济南老家探亲。我在上海和南京住了一个夏天。在南京曾叩见过陈寅恪先生，也拜见过傅斯年先生。1946年深秋，从上海乘船到秦皇岛，转乘火车，来到了暌别十一年的北平。深秋寂冷，落叶满街，我心潮起伏，酸甜苦辣，说不出来是什么滋味。阴法鲁先生到车站去接我们，把我暂时安置在北大红楼。第二天，会见了文学院长汤用彤先生。汤先生告诉我，按北大以及其他大学规定，得学位回国的学人，最高只能给予副教授职称，在南京时傅斯年先生也告诉过我同样的话。能到北大来，我已经心满意足，焉敢妄求？但是过了没有多久，大概只有个把礼拜，汤先生告诉我，我已被定为正教授兼东方语言文学系主任，时年三十五岁。当副教授时间之短，我恐怕是创了新纪录。这完全超出了我的想望。我暗下决心：努力工作，积极述作，庶不负我的老师和师辈培养我的苦心！

此时的时局却是异常恶劣的。以蒋介石为首的国民党，剥掉自己的一切画皮，贪污成性，贿赂公行，大搞"五子登科"，接收大员满天飞，"法币"天天贬值，搞了一套银元券、金元券之类的花样，毫无用处。人民生活在水深火热之中，大学教授也不例外。手中领到的工资，一个小时以后，就能贬值。大家纷纷换银元，换美元，用时再换成法币。每当手中攥上几个大头时，心里便暖乎乎的，仿佛得到了安全感。

在学生中，新旧势力的斗争异常激烈。国民党垂死挣扎，进步学生猛烈进攻。当时流传着一个说法：在北平有两个解放区，一个是北大的民主广场，一个是清华园。我住在红楼，有几次也受到了国民党北平市党部纠集的天桥流氓等闯进来捣乱的威胁。我们在夜里用桌椅封锁了楼口，严阵以待，闹得人心惶惶，我们觉得又可恨，又可笑。

但是，腐败的东西终究会灭亡的，这是一条人类和大自然中进化的规律。1949年春，北平终于解放了。

在这三年中，我的心镜照出的是黎明前的一段黑暗。

如果把我的一生分成两截的话，我习惯的说法是，前一截是旧社会，共三十八年；后一截是新社会，年数现在还没法确定，我一时还不想上八宝山，我无法给我的一生划上句号。

我在20世纪生活了八十多年了。再过七年，这一世纪这一千纪就要结束了。这是一个非常复杂、变化多端的世纪。我心里这一面镜子照见的东西当然也是富于变化的，五花八门的，又多姿多彩的。它既照见了阳关大道，也照见了独木小桥；它既照见了山重水复，也照见了柳暗花明。我不敢保证我这一面心镜绝对通明锃亮,但是我却相信,它是可靠的,其中反映的倒影是符合实际的。

我揣着这一面镜子,一揣揣了八十多年。我现在怎样来评价镜子里照出来的20世纪呢?我现在怎样来评价镜子里照出来的我的一生呢?呜呼,慨难言矣!慨难言矣!"却道天凉好个秋。"我效法这一句词,说上一句:天凉好个冬!

只有一点我是有信心的:21世纪将是中国文化(东方文化的核心)复兴的世纪。现在世界上出现了许多影响人类生存前途的弊端,比如人口爆炸,大自然被污染,生态平衡被破坏,臭氧被破坏,粮食生产有限,淡水资源匮乏,等等,这只有中国文化能克服,这就是我的最后信念。

两行写在
泥土地上的字

夜里有雷阵雨,转瞬即停。"薄云疏雨不成泥",门外荷塘岸边,绿草坪畔,没有积水,也没有成泥,土地只是湿漉漉的。一切同平常一样,没有什么特异之处。

我早晨出门,想到外面呼吸点新鲜空气,这也同平常一样,并没有什么特异之处。然而,我的眼睛一亮,蓦地瞥见塘边泥土地上有一行用树枝写成的字:

  季老好 九八级日语

回头在临窗玉兰花前的泥土地上也有一行字:

  来访 九八级日语

我一时懵然,莫名其妙。还不到一瞬间,我恍然大悟:九八级是今年的新生。今天上午,全校召开迎新大会;下午,东方学系召开迎新大会。在两大盛会之前,这一群(我不知道准确数目)从未谋面的十七八九岁的男女大孩子们,先到我家来，带给我无法用言语形容的这一番深情厚谊。但他们恐怕是怕打扰我，便想出了这一个惊人的匪夷所思的办法，用树枝把他们的深情写在了泥土地上。他们估计我会看到的，便悄然离开了我的家门。

我果然看到他们留下的字了。我现在已是望九之年，我走过的桥比这一帮大孩子走过的路还要长，我吃过的盐比他们吃过的面还要多，自谓已经达到了"悲欢离合总无情"的境界。然而，今天，我一看到这两行写在泥土地上的字，我却真正动了感情，眼泪一下子涌出了眼眶，双双落到了泥土地上。

我是一个平凡的人，生平靠自己那一点勤奋，做出一点儿微不足道的成绩。对此我并没有多大信心。独独对于青年，我却有自己一套看法。我认为，我们中年人或老年人，不应当一过青年阶段，就忘记了自己当年穿开裆裤的样子，好像自己一下生就老成持重，对青年总是横挑鼻子竖挑眼。我们应当努力理解青年，同情青年，帮助青年，爱护青年。不能要求他们总是四平八稳，总是温良恭俭让。我相信，中国青年都是爱国的，爱真理的。即使有什么"逾矩"的地方，也只能耐心加以劝说，惩罚是万不得已而为之的。一个国家，一个民族，如果对自己的青年失掉了信心，那它就失掉了希望，失掉了前途。我常常这样想，也努力这样做。在风和日丽时是这样，在阴霾蔽天时也是这样。这要不要冒一点儿风险呢？要的。但我人微言轻，人小力薄，除了手中的一支圆珠笔以外，就只有嘴里那三寸不烂之舌，除了这样做以外，也没有别的办法。

大概就由于这些情况，再加上我的一些所谓文章，时常出现在报纸杂志上，有的甚至被选入中学教科书，于是普天下青年男女颇有知道我的姓名的。青年们容易轻信，他们认为报纸杂志上所说的都是真实的，就轻易对我产生了一种好感，一种情意。我现在几乎每天都能收到全国各地，甚至穷乡僻壤、边远地区青年们的来信，大中小学生都有。他们大概认为我无所不能，无所不通，而又颇为值得信赖，向我提出各种各样的问题，有的简直石破天惊，有的向我倾诉衷情。我想，有的事情他们对自己的父母也未必肯讲的，比如想轻生自杀之类，他们却肯对我讲。我读到这些书信，感动不已。我已经到了风烛残年，对人生看得透而又透，只等造化小儿给我的生命划上句号。然而这些素昧平生的男女大孩子的信，却给我重新注入了生命的活力。苏东坡的词说："谁道人生无再少？门前流水尚能西。休将白发唱黄鸡。"我确实有"再少"之感了，这一切我都要感谢这些男女大孩子们。

东方学系九八级日语专业的新生，一定就属于我在这里所说的男女大孩子们。他（她）们在五湖四海的什么中学里，读过我写的什么文章，听到过关于我的一些传闻，脑海里留下了我的影子。所以，一进燕园，赶在开学之前，就迫不及待地把自己那一份情意，用他们自己发明出来的也许从来还没有被别人使用过的方式，送到了我的家门来，惊出了我的两行老泪。我连他们的身影都没有看到，我看到的只是清塘里面的荷叶。此时虽已是初秋，却依然绿叶擎天，水影映日，满塘一片浓绿。回头看到窗前那一棵玉兰，也是翠叶满枝，一片浓绿。绿是生命的颜色，绿是青春的颜色，绿是希望的颜色，绿是活力的颜色。这一群男女大孩子正处在平常人们所说的绿色年华中，荷叶和玉兰所象征的正是他们。我想，他们一定已经看到了绿色的荷叶和绿色的玉兰，他们的影子一定已经倒映在荷塘的清水中。虽然是转瞬即逝，连他们自己也未必注意到。可他们与这一片浓绿真可以说是相得益彰，溢满了活力，充满了希望，将来左右这个世界的，决定人类前途的正是这一群年轻的男女大孩子们。他们真正让我"再少"，他们在这方面的力量绝不亚于我在上面提到的那些全国各地青年的来信，我虔心默祷——虽然我并不相信——造物主能从我眼前的八十七岁中抹掉七十年，把我变成一个十七岁的少年，使我同他们一起学习，一起娱乐，共同分享普天下的凉热。

大放光明

幼年时候,我喜欢读唐代诗人刘梦得的诗《赠眼医婆罗门僧》:

> 三秋伤望眼,终日哭途穷。
> 两目今先暗,中年似老翁。
> 看朱渐成碧,羞日不禁风。
> 师有金篦术,如何为发蒙?

觉得颇为有趣。一个印度游方郎中眼医,不远万里,跋山涉水,来到中国行医,如果把他的经历写下来,其价值恐怕不会低于《马可波罗游记》。只可惜,我当年目光如炬,"欲穷千里目",易如反掌;对刘梦得的处境和心情,一点儿都不理解,以为这不过是中印文化交流史上一件不大不小的事迹而已。不有同病,焉能相怜!

约莫在十几年前,我已步入真正的老境,身心两个方面,都感到有点力不从心了。眼睛首先出了问题,看东西逐渐模糊了起来。"看朱渐成碧"的经历我还没有过,但是,红绿都看不清楚,则是经常的事。求医检查,定为白内障。白内障就白内障吧,这是科学,不容怀疑。我是一个随遇而安的乐天派,觉得人生有点白内障也是难免的。有了病,就得治,那种同疾病做斗争的说法或做法,为我所不解。谈到治,我不禁浮想联翩,想到了唐代的刘梦得和那位眼医婆罗门僧。我不知道金篦术是什么样的方法。估计在一千多年前是十分先进的手术,而今则渺矣茫矣,莫名其妙了。在当时,恐怕金篦术还真有效用,否则刘梦得也绝不会赋诗赞扬。常言道:"到什么时候说什么话。"今天只能乞灵于最新的科学技术了。说到治白内障,在今天的北京,最有权威的医院是同仁。在同仁,最有权威的大夫是有"北京第一刀"之誉的施玉英大夫。于是我求到了施大夫门下,蒙她亲自主刀,仅用二十分钟就完成了手术。但只做了右眼的手术,左眼留待以后,据说这是正常的做法。不管怎样,我能看清东西了。虽然两只眼睛视力相差悬殊,右眼是0.6,左眼是0.1,一明一暗,两只眼睛经常闹点小矛盾,但是我毕竟能写字看书了,着实快活了几年。

但是,天有不测风云,人有旦夕祸福。近些日子,明亮的右眼突然罢了工,眼球后面长出了一层厚膜,把视力挡住,以致伸手不见五指。(欧阳)中石的右眼也有点小毛病,常自嘲"无出其右者",我现在也有了深切类似的感受。但是祸不单行,左眼的视力也逐渐下降,现在已经达不到0.1了。两只眼通力协作,把我制造成了一个半盲人。严重的程度,远远超过了刘梦得,我本来已是老翁,现在更成了超级老翁了。

有颇长的一段时间,我在昏天黑地中过日子。我本来还算是一个谦恭的人,现在却变成了"目中无人",因为,即使是熟人,一米之内才能分辨出"庐山真面目"。我又变成了"不知天高地厚",上不见蓝天,下不见脚下的土地,走路需要有人搀扶,一脚高,一脚低,踉跄前进。两个月前,正是阳春三月,燕园中一派大好风光。嫩柳鹅黄,荷塘青碧,但是,这一切我都无法享受。小蔡搀扶着我,走向湖边,四顾茫然。柳条勉强能够看到,只像是一条条的黑线。数亩方塘,只能看到潋滟的水光中一点波光。我最喜爱的二月兰就在脚下,但我却视而不见。我问小蔡,柳条发绿了没有?她说,不但发绿了,而且柳絮满天飞舞了。我却只能感觉,一团柳絮也没有看到。我手植的玉兰花,今年是大年,开了二百多朵白花,我抬头想去欣赏,也只能看到朦朦胧胧的几团白色。我手植的季荷是我最关心的东西,我每天都追问小蔡,新荷露了尖尖角没有?但是,荷花性子慢,迟迟不肯露面。我就这样过了一个春天。

有病必须求医,这是常识,而求医的首选依然是同仁医院,是施玉英大夫。可惜施大夫因事离京,我等候了相当长的一段时间,心中耐不住,奔走了几个著名的大医院。为我检查眼睛的几个著名的眼科专家,看到我动过手术的右眼,无不同声赞赏施玉英大夫手术之精妙。但当我请他们给我治疗时，又无不同声劝我，还是等施大夫。这样我只好耐着性子等候了。

施大夫终于回来了。我立马赶到同仁医院，见到了施大夫。经过检查，她说："右眼打激光，左眼动手术！"斩钉截铁，没有丝毫游移，真正是"指挥若定失萧曹"的大将风度。我一下子仿佛吃了定心丸。

但这并不真能定心，只不过是知道了结论而已。对于这两个手术我是忐忑不安的。因为我患心律不齐症已有四十余年，虽然始终没有发作过，但是，正如我一进宫（第一次进同仁的戏称）时施玉英大夫所说的那样，四十年不发作，不等于永远不发作。不怕一万，就怕万一，万一在手术台上心房一颤动，则在半秒钟内，一只眼就会失明，万万不能掉以轻心。现在是二进宫了，想到施大夫这几句话，我能不不寒而栗吗？何况打激光手术。我完全不知道是怎么一回事，恍兮惚兮，玄妙莫测。一想到这一项新鲜事物，我心里能不打鼓吗？

总之，我认为，这两项手术都是风云莫测的，都包含着或大或小的危险性，我应当做好充分的思想准备，事实上，我也确实做了细致和坚定的思想准备。

谈到思想准备，无非是上、中、下三种。上者争取两项手术都完全成功。对此，基于我在上面讲到的危险情况，我确实一点儿把握都没有。中者指的是一项手术成功，一项失败。这个情况我认为可能性最大。不管是保住左眼，还是保住右眼，只要我还能看到东西，我就满意了。下者则是两项手术全都失败。这情况虽可怕，然而可能性确实是存在的。为了未雨绸缪，我甚至试做赛前的热身操。我故意长时间地闭上双目，只用手来摸索。桌子上和窗台上的小摆设，对我毫无用处了，我置之不摸。书本和钢笔、铅笔，也不能再为我服务了，我也不去摸它们。我只摸还有点用的刀子和叉子，手指尖一阵冰凉，心里感到颇为舒服。我又痴想联翩，想到国外一些失明的名人，比如鲁迅的朋友俄国盲诗人爱罗先珂。我又想到自己几位失明的师辈。冯友兰先生晚年目盲，却写出崭新的《中国哲学史新编》，思想解放、挥洒自如，成为一生绝唱。年已一百零五岁的陈翰笙先生，在庆祝他百年诞辰时，虽已目盲多年，却仍然要求工作。陈寅恪先生忧患一生，晚年失明，却写出了长达八十万字的《柳如是别传》，为士林所称绝。类似的例子，还可以举出一些来。但是，我觉得，这几个例子已经够了，已经足以警顽立懦、振聋发聩了。

以上都只是幻想。幻想终归是幻想，我还是回到现实中来吧。现实就是我要二进宫，再回到同仁医院。当年一进宫的时候，我坐车中，心神不定，不知是出于什么原因，无端背诵起苏东坡的"明月几时有，把酒问青天"这一首词，往复背诵了不知道多少遍，一直到走下汽车，躺在手术台上，我又无端背诵起来了苏词"缥缈红妆照浅溪"一首，原因至今不明。

我这一出一进宫，只是为了做一个手术，却唱了十七天。

这一出二进宫,是想做两个手术,难道真让我唱上三十四天吗?可是我真正万万没有想到,我进宫的第二天早晨,施大夫就让人通知我,下午一点做白内障手术,后来又提前到十二点。这一次我根本没有诗兴,根本没有想到东坡词。一躺上手术台,施大夫同我聊了几句闲天:"季老!你已经迫近九十高龄,牙齿却还这样好。"我答曰:"前面排牙是装饰门面的,后面的都已支离破碎了。"于是手术开始,不到二十分钟便胜利结束,让我愉快地吃了一惊。

过了几天,我又经历了一次愉快的吃惊。刚吃完午饭,正想躺下午休,推门进来了一位大夫,不是别人,正是施玉英大夫本人,后面跟着一位柴大夫,这完全出我意料。除了查房外,施大夫是不进病房的。她通知我,待一会儿下午一点半做打激光手术。我惊诧莫名,但心里立即紧张起来。我听一个过来人说过,打激光要扎麻药,打完后,第一夜时有剧痛,须服止痛药,才能勉强熬住,过一两天,还要回医院检查。手续麻烦得很哩。但是,箭在弦上,不能不发,我硬着头皮,准时到了手术室,两位大夫都在。施大夫让我坐在一架医院到处都有的检查眼睛的机器旁,我熟练地把下巴颏儿压在一个盘状的东西上,心里想,这不过是手术前照例的检查,下一道手续应该是扎麻药针了。柴大夫先坐在机器的对面,告诉我,右眼珠不要动,要向前看。只听得啪啪几声响。施大夫又坐在那个位子上,又只是啪啪几声,前后不到几秒钟,两个大夫说:"手术完了!"我吃惊得目瞪口呆:

"怎么完了？"我以为大头还在后面哩。我站了起来，睁眼环顾四周，眼前大放光明了。几秒钟之隔，竟换了一个天地，我首先看到了施大夫。我同这一位为我发蒙的大恩人、做白内障手术已达两万多例、名满天下的女大夫，打交道已有数年之久，但是，她的形象在我眼中只是一个影子。今天她活灵活现地站在我眼前，满面含笑。我又是一惊：她怎么竟是这样年轻啊！我目光所及，无不熠熠闪光。几秒钟前，不见舆薪，而今却能明察秋毫。回到病房，看到陆燕大夫，几天来，她的庐山真面目，似乎总是隐而不彰，现在看到她是一个二十岁刚出头的年轻少女，当年杜甫闻官军收复河南河北而"漫卷诗书喜欲狂"，我眼前虽没有诗书可卷，而"喜欲狂"则是完全相同的。

回到燕园，时隔只有九天，却仿佛真正换了人间。临走时，一切都是模模糊糊的，回来时却一切都清清楚楚，都在光天化日之下了。天空更蓝，云彩更白；山更青，水更碧；小草更绿，月季更红；水塔更显得凌空巍然，小岛更显得蓊郁葳蕤。所有这一切，以前都似乎没有看得这样清清白白，今天一见，俨然如故友重逢了。

楼前的一半种了季荷的大池塘，多少年来，特别是近半年以来，在我眼中，只是扑朔迷离，模糊一团，现在却明明白白，清清晰晰地奔来眼底。塘边垂柳，枝条万千，倒影塘中，形象朗然。小鱼在树影中穿梭浮游，有时似爬上枝条，有时竟如穿透树干。水面上的黑色长腿的小虫，一跳一跳地往来游戏。荷塘中莲叶已田田出水,嫩绿满目,水中游鱼大概正在游戏莲叶间吧。可惜这情景不但现在看不到,连以前也是难以看到的。

走进家中,我多日想念的小猫们列队欢迎。它们真也像想念我多日了。现在挤在一起,在我脚下,钻来钻去。有的用嘴咬我的裤腿角,有的用毛茸茸的身子在我腿上蹭来蹭去,有的竟跳上桌子,用软软的小爪子拍我的脸。一时白光闪闪,满室生春,我顾而乐不可支。我养的小猫都是从我家乡山东临清带来的纯种波斯猫,纯白色,其中有一些是两只眼睛颜色不同的,一黄一碧,俗称金银眼或鸳鸯眼。这是波斯猫的特征之一。但是,在我长期半盲期间,除非把小猫脑袋抱在逼近我眼前,我是看不出来的。平常只觉得猫眼浑然一体而已。现在,自己的眼睛大放光明了,小猫在我眼中形象也随之大变,它们瞪大了圆圆的眼睛瞅着我,黄碧荧然,如同初见,我真正惊喜莫名了。

总之,花花世界,万紫千红,大放光明,尽收眼中。我真想手之舞之,足之蹈之了。

我真觉得,大千世界是美妙的。

我真觉得,人间是秀丽的。

我真觉得,生活是可爱的。

所有这一切都是二进宫的产物。我现在唯有祈祷上苍,千万不要让我三进宫。

2000 年 6 月 8 日

天上
人间

大家一看就知道，这个题目来自南唐李后主的词："流水落花春去也，天上人间。"这是表示他生活中巨大的落差的：从一个偏安的小君主一落而为宋朝的阶下囚，这落差真可谓大矣。我们平头老百姓是没有这些福气的。

但是，比这个较小的生活落差，我们还会有的。我现在已住在医院中，是赫赫有名的301医院。这一所医院规模大、设备全、护士大夫水平高、敬业心强。

在这里治病，当然属于天上。

现在就让我在北京找一个人间的例子，我还真找不出来，因为我没有到过几家医院。

在这里，我只有乞灵于回忆了。

大约在六七十年以前，当时还在济南读书，父亲在故乡清平官庄病倒了。叔父和我不远数百里回老家探亲。父亲直挺挺地躺在土炕上，面色红润，双目甚至炯炯有光，只是不能说话。

那时候，清平官庄一带没有医生，更谈不到医院。只有北边十几里路的地方，有一个地主大庄园，这个地主被誉为医生。谁也不会去打听,他在哪里学的医。只要有人敢说自己是医生,百姓就趋之若鹜了。我当然不能例外。我从二大爷那里要了一辆牛车,隔几天上午就从官庄乘牛车,嘎悠嘎悠走十多里路去请大夫,决不会忘记在路上某一小村买一木盒点心。下午送大夫回家的时候,又不会忘记到某一小村去抓一服草药。

当时正是夏天,青纱帐苫起,正是绿林大王活动的好时候,青纱帐深处好像有许多只不怀好意的眼睛在瞅着我们,并不立即有什么行动,但是威胁是存在的。我并不为我自己担心,我贫无立锥之地,不管山大王或山小王,都不会对我感什么兴趣,但是坐在车里面的却有大地主身。平常时候,青纱帐一起,他就蛰伏在大庄园内,绝不出门。现在为了给我这个大学生一个面子,冒险出来,给我父亲治病。

但是,结果怎样呢?结果是:暑假完了,父亲死了,牛车不再嘎悠了,点心匣子不再提了,秋收完毕,青纱帐消失了,地主可以安居大庄园里了。总之,父亲生病和去世这个过程,正好提供了一个与今天301医院相反的例子。现在是天上,那时是人间。如此而已。

当时
只道是寻常

这是一句非常明白易懂的话,却道出了几乎人人都有的感觉。所谓"当时"者,指人生过去的某一个阶段。处在这个阶段中时,觉得过日子也不过如此,是很寻常的。过了十几二十年或者更长的时间,回头一看,当时实在有不寻常者在。因此有人,特别是老年人,喜欢在回忆中生活。

在中国,这种情况更突出,魏晋时代的人喜欢做羲皇上人。这是一种什么心理呢?"鸡犬之声相闻,民至老死不相往来",真就那么好吗?人类最初不会种地,只是采集植物,猎获动物,以此为生。生活是十分艰苦的。这样的生活有什么可向往的呢!

然而,根据我个人的经验,发思古之幽情,几乎是每个人都有的。到了今天,沧海桑田,世界有多少次巨大的变化。人们思古的情绪却依然没变。我举一个具体的例子。十几年前,我重访了我曾待过十年的德国哥廷根。我的老师瓦尔德施米特教授夫妇都还健在。但已今非昔比——房子捐给梵学研究所,汽车也已卖掉。他们只有一个独生子,二战中阵亡。此时老夫妇二人孤零零地住在一座十分豪华的养老院里。院里设备十分齐全，游泳池、网球场，等等，一应俱全。但是，这些设备对七八十岁、八九十岁的老人有什么用处呢？让老人们触目惊心的，是每隔一段时间就有某一个房号空了出来。这对老人们的刺激之大是不言而喻的。我的来临大出教授的意料，他简直有点喜不自胜的意味。夫人摆出了当年我在哥廷根时常吃的点心。教授仿佛返老还童，回到了当年去了。他笑着说："让我们好好地过一过当年过的日子，说一说当年常说的话！"我含着眼泪离开了教授夫妇，嘴里说着连自己都不相信的话："过几年，我还会来看你们的。"

我的德国老师不会懂"当时只道是寻常"中隐含的意蕴，但是古今中外人士所共有的这种怀旧追忆的情绪却是有的。这种情绪通过我上面描述的情况完全流露出来了。

仔细分析起来，"当时"是很不相同的。国王有国王的"当时"，有钱人有有钱人的"当时"，平头老百姓有平头老百姓的"当时"。在李煜眼中，"当时"是"车如流水马如龙，花月正春风"游上林苑的"当时"。对此，他没有别的办法，只有哀叹"天上人间"了。

我不想对这个概念再进行过多的分析。本来是明明白白的一点真理，过多的分析反而会使它迷离模糊起来。我现在想对自己提出一个怪问题：你对我们的现在，也就是眼前这个现在，感觉到是寻常还是不寻常呢？这个"现在"，若干年后也会成为"当时"的。到了那时候，我们会不会说"当时只道是寻常"呢？现在无法预言。现在我住在医院中，享受极高的待遇。应该说,没有什么不满足的地方。但是,倘若扪心自问:"你认为是寻常,还是不寻常呢?"我真有点说不出,也许只有到了若干年后,我才能说:"当时只道是寻常。"

时间

一抬头,就看到书桌上座钟的秒针在一跳一跳地向前走动。它那里一跳,我的心就一跳。孔子说:"逝者如斯夫,不舍昼夜。"这里指的是水。水永远不停地流逝,让孔夫子吃惊兴叹。我的心跳,跳的是时间。水是能看得见、摸得着的。时间却看不见,摸不着,它的流逝你感觉不到,然而确实是在流逝。现在我眼前摆上了座钟,它的秒针一跳一跳,让我再清楚不过地看到了时间的流逝,焉能不心跳?焉能不兴叹呢?

远古的人大概是很幸福的。他们日出而作,日入而息,根据太阳的出没来规定自己的活动。即使能感到时间的流逝,也只在依稀隐约之间。后来,他们聪明了,根据太阳光和阴影的推移,把时间称作光阴。再后来,人们的聪明才智更提高了,用铜壶滴漏的办法来显示和测定时间的推移,这是用人工来抓住看不见摸不着的时间的尝试。

到了近几百年,人类发明了钟表,把时间的存在与流逝清清楚楚地摆在每一个人的面前。这是人类文明进步的表现。但是,正如人们常说的那样,"有一利必有一弊",人类成了时间的奴隶，成了手表的奴隶。现在各种各样的会极多，开会必须规定时间，几点几分，不能任意伸缩。如果参加重要的会而路上偏偏赶上堵车，任你怎样焦急，怎样频频看手表，都是白搭。这不是典型的时间的奴隶又是什么呢？然而，话又说了回来，在今天头绪纷纭杂乱无章的社会里，开会不定时间，还像古人那样"日出而作，日入而息"，优哉游哉，顺帝之则，今天的社会还能运转吗？不管你愿意不愿意，成为时间的奴隶就正是文明的表现。

不管你意识到还是没有意识到，大自然还是把虚无缥缈的时间用具体的东西暗示给了人们。比如用日出日落标志出一天，用月亮的圆缺标志出一月，用四季（在印度是六季或者两季）标志出一年。农民最关心这些问题，一年二十四个节气对他们种庄稼有重要意义。在自然科学家和哲学家眼中，时间具有另外的意义。他们说，大千世界，人类万物，都生长在时间和空间内，而时间是无头无尾的，空间是无边无际的。我既不是自然科学家，也不是哲学家，对无头无尾和无边无际实在难以理解。可是不这样又能怎样呢？如果时间有了头尾，头以前尾以后又是什么呢？因此，难以理解也只得理解，此外更没有其他途径。

生与死也属于时间范畴。一般人总是把生与死绝对对立起来。但是，中国古代的道家却主张"万物方生方死"，把生与死辩证地联系在一起，而且准确无误地道出了生即是死的关系。随着座钟秒针的一跳，我自己就长了无法用言语表达出来的那么一点点儿。同时也就是向着死亡走近了那么一点点儿。

不但我是这样,现在正是初夏,窗外的玉兰花、垂柳和深埋在清塘里的荷花,也都长了那么一点点儿。不久前还是冰封的湖水,现在是"风乍起,吹皱一池夏水",波光潋滟,水色接天。岸上的垂杨,从光秃秃的枝条上逐渐长出了小叶片,一转瞬间,出现了一片鹅黄;再一转瞬,就是一片嫩绿,现在则是接近浓绿了。

小山上原来是一片枯草,"一夜东风送春暖,满山开遍二月兰"。今年是二月兰的大年,山上地下,只要有空隙,二月兰必然出现在那里,座钟的秒针再跳上多少万次,二月兰即将枯萎,也就是走向暂时的死亡了。所有这些东西,都是方生方死。这是自然的规律,不可逆转的。

印度人是聪明的,他们把时间和死亡视为一物。梵文hāla,既是"时间",又是"死亡"或"死神"。《罗摩衍那》的主人公罗摩,在活了极长的时间以后,hāla走上门来,这表示他就要死亡了。罗摩泰然处之,既不"饮恨",也不"吞声"。他知道这是自然规律,人类是无能为力的。我们今天知道,不但人类是这样,世界上万事万物都有始有终,无一例外。"顺其自然"是最好的办法。

我在这里顺便说一下。在梵文里,动词"死"的字根是"mn",但是此字不用"manati"来表示现在时,而是用被动式"mniyati(ti)",这表示,印度人认为"死"是被动的,主动自杀者究属少数。

同印度人比较起来，中国人大概希望争取长生。越是有钱有势的人越希望活下去，在旧社会里生活在水深火热中的小百姓，绝不会愿意长远活下去的。而富有天下的天子则热切希望长生。中国历史上几位有名的英主，莫不如此。秦始皇和汉武帝都寻求不死之药或者仙丹什么的。连唐太宗都是服用了印度婆罗门的"仙药"而中毒身亡的。

老百姓书呆子中也有寻求肉身升天的，而且连鸡犬都带了上去。我这个木头脑袋瓜真想也想不通。如果真有那么一个"天"的话，人数也不会太多。升到那里去干些什么呢？那里不会有官僚衙门，想走后门靠贿赂来谋求升官，没有这个可能。那里也不会有什么市场，什么WTO[①]，想发财也英雄无用武之地。想打麻将，唱卡拉OK，唱几天，打几天，还是会有兴趣的，但让你一月月一年年永远打下去，你受得了吗？养鸡喂狗，永远喂下去，你也受不了。"不为无益之事，何以遣无涯之生！"无益之事天上没有。在天上待长了，你一定会自杀的。苏东坡说："起舞弄清影，何似在人间！"是有见地之言。我们还是老老实实待在人间吧。

要待在人间，就必须受时间的制约。在时间面前，人人平等。如果想不通我在上面说的那一些并不深奥的道理，时间就变成了枷锁，让你处处感到不舒服。但是，如果真想通了，则戴着枷锁跳舞反而更能增加一些意想不到的兴趣。

我自认是想通了。现在照样一抬头就看到书桌上座钟的秒针一跳一跳地向前走动，但是我的心却不跳了。我觉得这是时间给我提醒儿，让我知道时间的价值。"一寸光阴不可轻"，朱子这一句诗对我这个年过九十的老头儿也是适用的。

2002年3月31日

注释：

① 世界贸易组织。

希望在
你们身上

人类社会的进步,有如运动场上的接力赛。老年人跑第一棒,中年人跑第二棒,青年人跑第三棒。各有各的长度,各有各的任务,互相协调,共同努力,以期获得最后胜利。这里面并没有高低之分,而只有前后之别。

老年人不必"倚老卖老",青年人也不必"倚少卖少"。老年人当然先走,青年人也会变老。如此循环往复,流转不息。这是宇宙和人世间的永恒规律,谁也改变不了一丝一毫。所谓社会的进步,就寓于其中。

中国古话说:"长江后浪推前浪,世上新人换旧人。"像我这样年届耄耋的老朽,当然已是"旧人"。我们可以说是已经交了棒,看你们年轻人奋勇向前了。但是我们虽无棒在手,也绝不会停下不走,坐以待毙;我们仍然要焚膏继晷,献上自己的余力,跟中青年人同心协力,把我们国家的事情办好。

我说的这一番道理,迹近老生常谈,然而却是真理。人世间的真理都是明白易懂的。可是,芸芸众生,花花世界,浑浑噩噩者居多,而明明白白者实少。你们青年人感觉敏锐,英气蓬勃,首先应该认识这个真理。要想树立正确的人生观和价值观,也必须从这里开始。

换句话说就是,要认清自己在人类社会进化的漫漫长河中的地位。人类的前途要由你们来决定,祖国的前途要由你们来创造。这就是你们青年人的责任。

千万不要把人生观和价值观当作一个哲学命题来讨论,徒托空谈,无补实际。一切人生观和价值观,离开了这个责任感,都是空谈。

那么,我作为一个老人,要对你们说些什么座右铭呢?你们想要从我这里学些什么经验呢?我没有多少哲理,我也讨厌说些空话、废话、假话、大话。

我一无灵丹妙药,二无锦囊妙计。我只有一点儿明白易懂、简单朴素、迹近老生常谈又确实是真理的道理。我引一首宋代大儒朱子的诗:

> 少年易老学难成,
> 一寸光阴不可轻。
> 未觉池塘春草梦,
> 阶前梧叶已秋声。

明白易懂,用不着解释。这首诗的关键有二:一是要学习,二是要惜寸阴。朱子心目中的"学",同我们的当然不会完全一样。这个道理也用不着多加解释,只要心里明白就行。至于爱惜光阴,更是易懂。然而真正能实行者,却不多见。

这就是一个耄耋老人对你们的肺腑之谈。

青年们,好自为之。世界是你们的。

1994 年 12 月 4 日